二見サラ文庫

# はけんねこ
## ～あなたの想い繋ぎます～

中原一也

Illustration
KORIRI

本文Design
ヤマシタデザインルーム

C O N T E N T S

【NNN】

ねこねこネットワーク。インターネット上でまことしやかに囁《ささや》かれている都市伝説。猫による猫のための猫の組織。猫好きの人のいる家に最高のタイミングで猫を派遣する謎の秘密結社。野良猫が生涯飼い猫として幸せに暮らせるよう、日々暗躍している。

# 第一章

## 二つの名前

夜が囁《ささや》きかけてくる。

夏の間はあれほど勢いづいていた街路樹は押し黙り、痩せ細った老人のような姿で俺たち外で暮らす者を見下ろしていた。気難しく、愛嬌《あいきょう》がない。

乾いた風に晒《さら》された鼻鏡《びきょう》をペロリと舐《な》めると、湿ったそこは匂いをより敏感に捉えた。どこかで魚を焼いているらしい。空腹には少々染みる。

俺は普段あまり通らない路地を抜け、大きな道路を渡って真新しい家が建ち並ぶ新興住宅街へとやってきた。夕闇に包まれた風景の中で、家の窓から漏れる光だけがかろうじて優しさを感じさせる。

四角に切り取られた掃きだし窓の隅に、小さな猫のシルエットが浮かんでいるのを見つけた。それを眺めながら、庭先に座り込んで毛繕いを始める。ひんやりと冷たい地面にぶるっとすると、家の中から声が聞こえてきた。

『ルルちゃ～ん。あ、こんなところにいた。何してるの？』

「お外を見てたの」

『寒いからそろそろ閉めようか？』

「えー、お外の匂い好きなのに」

猫一匹通れるくらいの隙間は網戸と脱走防止のワイヤーフェンスのおかげで外との行き来はできないが、ヒゲに当たる風や運ばれてくる匂いは感じられる。

刺激のない生活ってのは、退屈すぎていけない。

『香奈《かな》たちがお風呂から上がるわ。ご飯の時間だからお外はまた明日ね』

「は〜い！　トッピングいっぱい乗せてね」

軽快に身を翻して部屋の奥へ入っていく姿を、俺は黙って見送った。

飼い猫が羨ましいわけではない。自由と引き換えに安全とぬくもりを手にすることが幸せなのかは、猫それぞれだ。

俺がここまで見に来たのは、あそこからよく外を眺めている牝《おんな》がついこの前まで俺と同じ野良だったからだ。もとは飼い猫だっただけに、すっかり馴染《なじ》んでやがる。

ふん、と機嫌よく鼻を鳴らした俺は、踵《きびす》を返していつもの路地を目指した。冷えた空気が運んでくる音ははっきりしていて、耳がピクリと反応する。

おじちゃま。

ふと、俺を呼ぶ声が聞こえた。

振り返るが、猫の姿はない。乾いた風のイタズラか。

己の感傷が招いた空耳だと、再び歩き出した。

過ぎ去った日々は、喧嘩《けんか》で失った耳の先端みたいなもんだ。もう戻らないとわかっていながら、それでも心は時々そいつを思い出して疼《うず》き、懐かしさを覚える。

おじちゃま。

もう一度、今度は記憶の中の小さな姿とともに俺の心に響いてきた。

植え込みのところに何かの気配を感じて脚をとめると、猫が潜んでいる。俺を警戒しているのか、じっとこちらを眺めていた。今年の夏頃に生まれたのだろう。まだ小さく、顔も幼くて頼りない。

アー……ォ。

静まり返った空気を掠《かす》れた声が揺らした。

お袋さんの姿はなく、兄弟らしき猫もいない。はぐれたか。

壁一枚隔てた向こう側とこちら側では、世界がまったく違う。ぬくぬくと暮らす猫がいる一方で、空腹と寒さに耐え、忍び寄る死の匂いに怯《おび》えながら生きている猫もいる。

「お前も斡旋《あっせん》してやろうか?」

俺の声に驚いたのか、子猫はカサカサッ、と音を立てて一目散に逃げていった。親切心を見せるとこうだ。猫相《びょうそう》の悪いおっさんだと自覚しているが、少々傷つく。

そもそもお節介は性に合わないのだ。死ぬ時は死ぬ。逆らえない自然の摂理だとわかっているのに、時々らしくない行動を取るのだから我ながら呆《あき》れる。

過酷な季節がすぐ目の前まで迫っていた。子猫だけじゃあない。俺たち成猫も、命の危険に晒される。

ぴゅう、と北風が口笛を吹いた。

くしゃみ一つ置いて、足早に目的地へ向かう。過酷な季節を生き抜いた者だけが、春の暖かな日差しにありつけるのだ。

空を見上げると、西のほうにかろうじて太陽の余韻が漂っていた。逆側はすでに闇が支配していて、住宅街ごと世界を丸吞《まるの》みする。たくさんの建物が影絵みたいに現実味のない姿で並んでいた。俺も影絵の一部になって闇に紛れた。

今日も『NNN』が暗躍する夜が始まる。

事件ってのは、いつも油断を狙い撃ちしてくるものだ。
俺はCIGAR《シガー》 BAR《バー》『またたび』のカウンター席でまたたびを眺めていた。前脚で表面の凸凹《でこぼこ》を撫《な》で、その感触を肉球で楽しむ。
十分にそれを堪能したあと、シガーカッターで吸い口を作った。
Vカット——通称キャッツ・アイと呼ばれる切り方だ。猫の目なんてイカしたネーミングのそれは、またたびをこの上なくマイルドにする。切り方一つで味に差が出るのも、またたびのいいところだ。途中でフラットカットにし、味を変える楽しみかたもある。シガーマッチで炙《あぶ》ると、そいつはゆっくりと目覚めた。古木を思わせる深い匂いとともに、ヴァニラのような甘さが鼻を抜けていく。何度味わってもいい。長年連れ添った相棒のように、しっくりくる。

極上のBGMに抱かれながら、俺は自分の躰《からだ》に紫煙を纏《まと》わせた。

「マスター。相変わらずいい仕事してるな」

「ありがとうございます。ちぎれ耳さんに味わってもらって、そいつも喜んでますよ」

キューバ産の『コイーニャ』は、俺が好んで吸うまたたびだ。職人の手により一つ一つ巻かれたまたたびは、ボディに秘めた力を最大限に発揮していた。特にこいつは熟成の仕方で味が大きく変わるため『コイーニャ』ならなんでもいいというわけじゃない。

マスターの熟練の技がこいつをさらに高め、俺たち猫を深く酔わせる。

旨《うま》い『コイーニャ』を知らない猫は少なくないだろう。俺は幸運だった。店内での喧嘩は御法度――これさえ守れば、染み出す樹液のようなまったりと甘い時間を過ごすことができるのだから。

「ご機嫌ですね」

「そう見えるか？」

「ええ、長いつき合いになりますからね。なんとなくですが」

「マスターのまたたびが旨いからさ」

隣に座るタキシードも同感といった顔で、またたびを口に運んだ。

「確かに、ここのまたたびは格別だな」

黒を基調に胸元と顎、靴下を履《は》いたように脚先だけが白いタキシード柄。人間が靴下猫と呼ぶ人気の柄だが、前脚は太く、目つきが悪いうえに顎も発達していてかわいいとはほど遠い。しかも、下顎が曲がっている。若い頃の喧嘩が原因らしい。

俺も他猫《たびょう》のことは言えないが、猫相の悪さはこの界隈《かいわい》では一、二を誇ると言っていいだろう。

「しかし悪いな。十分に払えなかったってのに、こんなに旨いもん吸わせてもらって」

「気にしないでください。ちぎれ耳さんには世話になってますから」

今日の狩りは成功とはならず、ゴミ箱から魚の頭と骨を見つけたくらいだ。身を舌でこそぎ取っても腹は満たされず、口の周りについた脂を未練たらしく舐めた。支払いもしみったれたもんで、カマキリの脚が一本だ。牡《おとこ》として少々情けない。

だが、俺の支払い以上にしみったれているのは、ふくめんの横顔だった。

「マスター。あいつ、ずっとあんな調子か？」

顎をしゃくると、マスターはそちらを一瞥《いちべつ》して小さく頷《うなず》いた。

「はい、今日は早めに店においでてでしたが、最初からあんなで」

スツール一つ挟んだタキシードの隣に座るふくめんは、獲物に逃げられたような顔をしている。覆面を被《かぶ》ったような白黒のハチワレ柄のお調子者は、いつも「ちょりーっす」と言いながらぶつかる勢いで挨拶してくるが、ここ最近は能天気な声を聞いてない。

奴《やつ》の猫背もぐっと哀愁を漂わせるようになってきた。若造だと思っていたが、経験が奴を背中で語らせるほどに成長させている。

いい猫背だ。猫生《びょうせい》のほろ苦さを知っている背中だった。

「なんだ、ふくめん。嬢ちゃんがいないのがそんなに寂しいか」

「だって、ちゃあこちゃんはいつも明るくて、楽しかったっすよ」

「『NNN』の活動としちゃあ最高だったじゃねぇか。落ち込む必要がどこにある？」

「そうっすけど」

しおれた向日葵《ひまわり》みたいなふくめんの態度に、俺も心の奥にしまい込んだ寂しさを意識させられた。思い出すのは、白茶の若い牝だ。白の割合が多く、刷毛《はけ》でペタペタと絵の具を乗せたような柄をしている。

おじちゃま、おじちゃま、と俺を慕ってくれた。小さな前脚をちょこんとボックス席のテーブルに載せて、あんこ婆《ばあ》さんの前に座ってたっけ……。

前脚の白い毛が汚れてきても嬢ちゃんはどこか育ちのよさが抜けなくて、俺たちみたいな強面《こわもて》のオヤジが雁首《がんくび》揃《そろ》える店の中でちょっと異質な存在だった。マドンナと言うには子供すぎるうえに避妊済みだったが、店の常連たちが特別な存在として受け入れていたのは間違いない。

俺のとっておきを教えた相手は、後にも先にも嬢ちゃんだけだ。

飼い主と別れて野良猫として生きていこうとしていたが、俺たちで新たな飼い主候補を見つけ、斡旋に成功した。毛皮の手入れに余念がなく、かわいい声で鳴く小柄な猫が気に入られないわけがない。

俺がこのところご機嫌なのは、理想的な斡旋ができたからだ。

「寂しいのは俺だけじゃないっすよ」

ふくめんはボックス席を振り返った。そこに座っているのは、三毛の婆さんだ。

「なんだい、あたしゃ寂しくないよ」

そう言ってはいるが、普段よりも猫背がよりいっそう強いカーブを描いている。

あんこ婆さんはいわゆる猫又で人間には見えねぇが、そんな存在になっても心は俺たちと変わらないらしい。

「あんこ婆さんの妖力で、ちゃあこちゃんといつでも会えるようにできないんっすか?」

「喧嘩売ってんのかい? そんなもの使えたら苦労はしないさね。あたしゃ人間には見えないだけのただの寂しい老猫さ」

「何言ってやがる。寒さ暑さを感じねぇんだろ? 空腹にもならないってんだから、立派な妖怪婆《ばばあ》じゃねぇか」

「言ってくれるねぇ」

あんこ婆さんは楽しげに笑うと、またたびを口に運んだ。紅葉した山のような三毛柄の背中に、薄雲が立ち籠《こ》める。

「会いたいなら会いに行けばいい。こいつみたいに」

余計なことを言いやがる。タキシードを睨《にら》むと、案の定ふくめんが目を見開いた。

「ちぎれ耳さん、ちゃあこちゃんに会いに行ったんっすか　自分だけずるいっすよ！」

「会いに行ったんじゃねぇ。あんこ婆さんに頼まれて様子を見てきただけだ」

「で、どうだったんだい？」

「俺の顔見りゃわかるだろうが。ピンクの首輪が似合ってたぞ」

「ふん、お前らは相変わらず甘ったれだな。猫のくせに仲間意識が強いんだよ」

タキシードが冷めた言葉を吐き捨てるが、顎のおじちゃまなんて言われていたこいつも嬢ちゃんがいなくなって何も感じていないはずはない。なんだかんだ言って俺たちの話に耳を傾けているのが、その証拠だ。

「俺も誘ってくれたらよかったのに」

「こんな猫相の悪い野良が束になって家に押し寄せたら、飼い主が驚くだろうが」

「そ、そうっすけど」

「心配するな。嬢ちゃんは間違いなく大事にされてる。俺が保証するよ」

さっきは掃きだし窓から外を眺めていた。猫一匹分の隙間は、嬢ちゃんへの愛情だ。この季節、好んで窓を開けておく人間はいない。一日に何度かああして外の空気に触れさせているようだ。それだけ確認できれば十分だろう。

その時、カランッ、とカウベルが鳴った。入ってきたのはオイルだ。汚れたエンジンオイルを被った茶トラのような色合い——いわゆるサビ柄の牡で、生意気な若造だ。

今日はいつもより遅い。オイルは神妙な面持ちで俺に近づいてくると、「なぁ」と声をかけてくる。マスターもすぐに注文を取ろうとはせず、様子を窺《うかが》っていた。

「どうかしたか？」

「ちゃあこのことなんだけど」

「ちゃあこちゃんがどうかしたんっすか！」

スツールから滑り落ちそうな勢いで、ふくめんが迫る。タキシードの耳もオイルに向けられていた。あんこ婆さんにいたっては、化け猫のような形相で待ち構えている。

さすがのオイルも気圧《けお》され気味だ。

「も、もとの飼い主が、ちゃあこの奴を捜してるって聞いたんだ」

俺はすぐに反応できなかった。

嬢ちゃんのもと飼い主は、ゆみちゃんという特別支援学校に通うダウン症の女の子とその母親だった。だが、母親が突然死し、一週間もの間、一人と一匹は誰にも気づかれず大きな家で過ごした。二度と目を覚まさないお母さんが起きてくるのを信じて、ポケットに残っていたたった一枚のビスケットを半分こにし、それまでしたことのなかった猫トイレの掃除をし、猫用のカリカリで飢えをしのいだのだ。

　見た目よりずっと心が幼かったゆみちゃんに、嬢ちゃんの世話は大変だっただろう。それでも懸命に嬢ちゃんを護《まも》り、生き抜いた。絆《きずな》がより深まるのも当然だ。

　しかし、意地悪な運命ってやつは、いきなり俺たちを襲う。

　獲物を捕らえる寸前に近くで吠《ほ》える散歩中の犬公のように。息の根をとめたトカゲを吸い込むレンガの隙間のように。

　嬢ちゃんだけが保護されずに取り残されたのは、不運が招いた別れだった。

　ゆみちゃんを引き取った祖父母は、孫の言う『ちゃーちゃん』が飼っていた猫だと気づかずに、ゆみちゃんだけを連れていった。ゆみちゃんの幸せを願い、追いかけるのをやめて「行ってらっしゃい」と見送った嬢ちゃんの思い遣《や》りは、今でも忘れない。

　ほおずき色の夕暮れの中で見た光景が浮かんでくる。

「どういうことっすかね」

「決まってんだろ。ちゃあこのことを爺《じい》さんと婆さんに言ったんだよ。新しい家にいつまでもちゃあこの奴が来ないから」

何を今さら。

そう言いたいところだが、ゆみちゃんは幼かった。嬢ちゃんもそれをわかっていたから身を引いた。祖父母にいたっては、悪気はなかった。外での生活で薄汚れ、首輪も失っていた嬢ちゃんを見て、写真と同じ猫だと気づけというのは酷かもしれない。

だが、ゆみちゃんの言う『ちゃーちゃん』が、あの時の野良猫だと気づきやがったのだ。これはチャンスなのかもしれない。

「どうしたらいいんすかね？」

全員の視線が、自然と俺に集まった。

嬢ちゃんは新しい名前を貰《もら》って、大事にされている。キラキラのついたピンクの首輪はとても似合っているし、大きなキャットタワーもある。オレンジ色の光が漏れる掃きだし窓の向こうに見えるのは、幸せそうな姿だった。すっかり家族として馴染んでいた。

今さら乱していいのか。

迷いは無意識に口から滑り出ていた。

「黙ってるつもりか？　知らないままだなんて残酷じゃねぇの？」

「めずらしくいいこと言うじゃないか、オイル。あたしもそう思うね。勝手に答えを出すのは傲慢ってもんだよ。まず、あの子の意思を確認するのが筋ってもんさね」

確かに二匹の言うとおりだ。ふくめんも頷いていた。タキシードにいたっては「今回はお前の負けだ」と視線を向けてくる。

伝えることで嬢ちゃんがまたつらい思いをするかもしれない。言わなきゃよかったと後悔する結果になるかもしれない。それでも俺たちが勝手に答えを出すのは筋違いだ。

嬢ちゃんがいなくなってから、少し寂しくなったボックス席をチラリと見て、覚悟を決めた。行ってみるか。

飼い猫から野良へと。そしてまた飼い猫へ。嬢ちゃんの猫生は波瀾万丈《はらんばんじょう》だ。あの小さな躰でそれを受けとめなければならない。

だができる。嬢ちゃんは強い牝だ。

俺は小さいながらもどこか凜《りん》としたその姿を思い出していた。

「おじちゃまは、とっておきをいっぱい持ってるのね」

少し高めの透き通った声に、俺は少々誇らしい気持ちになりながら、これまで誰にも教えなかったとっておきを巡っていた。新鮮な水が飲める場所や人間が踏み込まない安全な場所など、野良猫にとって貴重な情報だ。

「ここは空き家同然なんだ。年老いた爺《じじい》の一人暮らしだからな。この車も置いてあるだけで滅多に動き出さねぇから、昼寝にはうってつけだぞ」

「ほんとだ。座ってるとお尻と肉球がぽかぽかしてくる！」

ピンと張ったヒゲ。小さな躰。ゆっくりと左右に振れる尻尾。何度も雨風を受けた毛はすっかり野良猫のそれだが、背中はゆるいカーブを描いていて若さを感じさせる。俺の話を聞きながらちんまりと座る姿は、まさに春先に咲くキンポウゲの花だ。俺みたいなおっさんでも、思わず目を細めてしまう。

白い前脚もすっかり汚れちまっているが、それでも手入れを怠らない嬢ちゃんの白さは実際の色以上に純粋な輝きを放っていた。

長年野良として生きてきた俺には、少々眩《まぶ》しい。

「狩りのコツも教えてやる」

「コツがあるの？」

「あるさ」

嬢ちゃんは、捕まえた獲物をよく逃していた。俺たちはきっちりとトドメを刺すが、嬢ちゃんは獲物が動かなくなった途端、安心して放してしまう。与えられた食事を自分のペースで食べるのが当たり前だったのだから、仕方ないと言える。

だが、野良猫になるとそうはいかない。下手すると獲物を他の猫に奪われる可能性もあるのだ。猫だけじゃない。時には烏《からす》が横取りしようと狙っている。

「わかったわ。今度からちゃんとガリリって音がしてから放す。そしてすぐに食べるわ」

「そうだ、すぐに喰《く》っちまえ。行儀よく喰わなくていいからな。がっついちまえ」

俺の言葉に嬢ちゃんは「うふふ」と楽しそうに笑い、毛繕いを始めた。前脚を使って顔全体から耳の後ろまで綺麗《きれい》にし、肉球の汚れも丹念に前歯でこそげ取る。

以前、嬢ちゃんの肉球をゆみちゃんが好きだったと言って、ポップコーンのようないい匂いや柔らかさが失われるのを気にしていた。だが、別れの日以来、その台詞《せりふ》を聞いていない。きっぱりと断ち切ろうとする気持ちがいじらしい。

「ま、今日はこのくらいにしとこうか」

「まだ他にも似たような場所があるの？」

「こんなもんじゃねぇぞ。一度に覚えきれねぇだろうから、少しずつな」

「おじちゃますごい！」

嬢ちゃんを連れて歩いていると、こちらに向かってくる二匹の猫に気づいた。

「ちょりーっす！」

「こんにちは、ちぎれ耳さん」

情報屋とともにやってきたのは、ふくめんだった。その目の輝きや鼻鏡の紅潮具合から、いい知らせなのは一目瞭然だ。

「ふくめんちゃん、情報屋さん。こんにち……、――フキャッ！」

鼻と鼻をつける挨拶は猫特有だが、こいつは勢いあまってよくぶつかってくる。今日も例外ではなく、嬢ちゃんが餌食となった。俺は遠慮する。

「お前、何度言わせりゃ気が済むんだ？　そろそろ加減ってもんを覚えろ」

「だって、ちゃあこちゃんの顔見たら嬉《うれ》しくなったんっすよ！」

「あたしもふくめんちゃんに会えると嬉しいわ」

「で、どうだった？」

頼んでいたのは、嬢ちゃんの斡旋先候補にしていた家庭の調査だ。新興住宅に越してきた若い夫婦が相当の猫好きらしく、外から覗《のぞ》いただけでも部屋にはたくさんの猫グッズが置いてあった。だが、小さな子供がいる。人間のガキってのは、尻尾を引っ張ったりおもちゃにしようとしたり、危険な存在でもあるのだ。

「行ってみるか」

「あたしも行っていい？」

「嬢ちゃんは来ないほうがいい。まだ決まったわけじゃねぇからな。変に期待すると落胆するだろうが」

「そっか、そうね。それにお腹《なか》もペコペコ。あたし、もうちょっとこの辺で狩りをしてみるわ。何かいいものが捕まえられるかも」

そう言って、さっき俺が教えた狩り場へ歩いていく。

後ろ姿を見て、切なくなった。以前よりずっと痩せている。今はまだ冬の到来前だからいいが、これからどんどん過酷になっていく外の世界に順応できるだろうか。一刻も早く斡旋してやらねばという気持ちになる。

嬢ちゃんと別れた俺たちは、大きな道路を渡った先に広がる新興住宅街へ向かった。件《くだん》の家に到着すると、オイルが様子を窺っている。クールなふりして案外情に厚い。

「おっさん、やっと来たな」

「どんな様子だ？」

聞くと、少し前に野良猫が姿を現した時は声をあげてはしゃいだという。だが、それだけじゃあ足りない。安全だという確信が欲しい。

「あ、おっさん！　危ねぇぞ！」

さっき見た嬢ちゃんの後ろ姿を思い出しながら、オイルがとめるのも無視して子供の前に姿を見せた。俺をロックオンする素早さはさすがで、すぐに駆け寄ろうとする。

しかし、俺の心配をよそに母親は「追いかけたら怖がるから駄目よ」と言った。「猫ちゃんがいいって言ったら触らせてもらって」とも。どちらも猫の気持ちを考えた言葉だ。娘のほうも聞き分けがよく、俺がわざと怯えてみせると、見るだけに決めたらしく手を後ろに組んでニコニコ見ているだけだった。これ以上ない斡旋先だと確信した俺たちは、日が沈む頃にＣＩＧＡＲ ＢＡＲ『またたび』に集まった。

店にはすでにあんこ婆さんと嬢ちゃんがいて、ボックス席を陣取っている。状況を話すと、嬢ちゃんの目は期待でまん丸になった。

「そんなに素敵なおうちが見つかったのっ？」

「やるじゃないか、ちぎれ。あたしゃ見直したよ」

「あとは飼う決心をしてくれるかだな」

「大丈夫さ。この子は器量よしだし、なんてったってかわいい声で鳴けるんだ。人間なんかイチコロさね」

「そうかしら」

「ああ、そうさね。飼い猫として生きる運命だって顔つきをしてる。あたしも以前人間に飼われてたからわかるのさ」

「あんこお婆ちゃんが言うんだから、確かね。よかった」

安堵《あんど》の表情が印象的だった。頑張り屋で弱音を吐かない牝だったが、やはり野良猫生活は大変だったのだろう。

そして、数日後。

あんこ婆さんの言うとおり、嬢ちゃんは一瞬で人間の心を摑《つか》んだ。小雨が降る中、あえて毛皮を濡《ぬ》らして件の家に行き、庭でミィ、ミィ、と鳴いたのだ。

雨の日ってのは、狙い目だ。情に訴えることができる。台風となると暴風雨で声が掻《か》き消されるデメリットはあるが、悪くはない。斡旋を考えている猫は覚えておくといい。

最初に見つけたのは娘で、家の中から『ママ、ママ！ 小さい猫が鳴いてる！』と聞こえてきた。母親とともに外に飛び出した彼女は、嬢ちゃんを抱き上げるなり『飼ってい い？』と即座にねだる。抱き方は、猫の扱いを心得ている者のそれだった。自分もまだガキだってのに、雨に濡れた嬢ちゃんを護りたいという気持ちが、ギュッと力を籠められた手に表れている。

あれなら嬢ちゃんも幸せになれるだろう。

安堵しつつも、なんとも形容しがたい気持ちが込み上げてくる。それは、爪研ぎのあとに時々俺を襲うあの感じに似ていた。

猫の爪ってのは、古くなると外側から脱皮するみたいに剝がれる。時々根元のところでくっついてなかなか取れないことがあるが、そんな時はついムキになって庭木なんかをガリガリやってしまうのだ。

ようやく剝がれた時は気分爽快といったところだが、地面に落ちた爪を見ると、置き去りにされた自分の分身を眺めているようで、哀惜の念みたいなものが湧き上がる。

たかが古くなった爪一枚にそんな感情を抱くなんて自分でもおかしいが、北風に晒された鼻鏡が乾くように、よぎった感情は俺の心から水分を奪っていくのだ。

予想外にあっさりと嬢ちゃんの斡旋に成功した俺たちは、さよならを言う暇もなく、その場をあとにしたのだった。

オイルからゆみちゃんの話を聞いた翌日、俺は嬢ちゃんが飼われている家に向かった。

タイミングよく外を眺めていた嬢ちゃんは、俺の姿に尻尾をピンと立てた。近くに人間の気配はない。

「あ、おじちゃま！」

「よぉ、元気にしてるか？」

「とっても元気よ。おじちゃまは？」

目をキラキラさせるのを見て、俺は自分が運んできたものが本当に嬢ちゃんのためになるのかと自問した。知らないほうがいいこともある。けれども、勝手に答えを出すのは傲慢だというあんこ婆さんの意見を思い出し、煮えきらない自分を切り捨てる。

「実はな……」

俺はオイルから聞いた話を伝えた。すると途中から嬢ちゃんの瞳孔は大きくなり、ヒゲは獲物を狙う時のように前にピンと張り出して、耳も俺の声を捉えようとこちらに向けられる。

「ゆみちゃんがあたしを捜してるのっ？」

「ああ、そうだ。爺さんと婆さんがゆみちゃんを連れてな」

「あたしのこと、忘れなかったのね！　ゆみちゃんはあたしのこと、忘れてなんかいなかったのね！」

その言葉だけで、嬢ちゃんが今もゆみちゃんと暮らしたがっていると悟った。

「どうする？」

「ゆみちゃんに会いたい！　お願い、おじちゃま！　あたしがここにいるって伝えて！」

ピンと立てた嬢ちゃんの尻尾がぶるぶるっと震えた。嬉しくて興奮している証拠だ。

肚《はら》は決まった。嬢ちゃんの切実な願いを叶《かな》えてやるしかない。それが牡ってもんだ。必ず再会させてやる。

「わかった。任せておけ」

そう言い残し、広い道路を渡って自分の住む住宅街へと向かった。嬢ちゃんのもとの家があった辺りに来ると、オイルとふくめんが俺に気づいて歩いてくる。

「なんだ、お前ら何してる」

「何って張ってたんだよ。ちゃあこの奴、どうだった？」

「会いたいんだと」

「だろうな。今ちょうど来てるぜ？」

答えはわかっていたとばかりの二匹に、口許《くちもと》を緩める。こいつらもなんだかんだ言ってお節介だ。だが、こういう奴は嫌いじゃねぇ。

二匹についていくと、道路の隅で人間たちが話しているところだった。

『すみません、猫を捜してるんですけど。ほら、由美ちゃん。写真を見てもらって』

『あのね、ちゃーちゃん。この猫……見ません、でしたか？』

嬢ちゃんの話だと、ゆみちゃんは相当な恥ずかしがり屋だ。それなのに、たどたどしいながらも写真を見せて嬢ちゃんの行方を捜している。どんな答えが返ってくるか、凝視している瞳は真剣で、深い愛情を感じた。

けれどもゆみちゃんの質問に女は『ごめんなさいね』と首を横に振るだけだ。

『もう一度おうちのほうを捜してみましょうか』

『そうだな。猫を捜す専門の探偵もいるらしいぞ。あと狭い場所によく隠れてるらしいからな。そういうところを捜したほうがいい』

『猫の行動範囲から考えると、この住宅街の中にいそうなんだけど』

爺さんと婆さんが猫の習性について勉強しているのには、好感が持てた。あの時見た猫が、ゆみちゃんの大事な『ちゃーちゃん』だと気づかず、置き去りにしたことを深く反省しているのもわかる。

『ちゃーちゃん、ちゃーちゃーん。……ごはん』

ゆみちゃんはそこに嬢ちゃんがいるように、名前を呼んだ。そして、反応があるか耳を澄ませている。

近所の家の庭や停《と》めてある車の下を覗いたりする姿から、一途《いちず》な想《おも》いが伝わってきた。空き家があれば、中まで入っていく。爺さんと婆さんが危ないと注意しても、集中して聞こえないのかまったく気にしない。溝の中まで覗いた時は、先日の雨で濡れた泥がついて手も顔も洋服も汚れた。誰かが通りすがれば呼びとめてチラシを渡す。

爺さんも婆さんも必死だった。ゆみちゃんを連れ、写真を見せて回っている。首を横に振られてもチラシを手渡し、留守の家には投函《とうかん》し、できることはなんでもといった気持ちが行動に表れている。

だが、もとの家の付近に来た時、婆さんがその場にしゃがみ込んで顔を手で覆った。

『ごめんなさいね。お祖母ちゃんたちが気づかなかったから』

歩き回って心まで疲れたのかもしれない。肩を落としている。爺さんのほうも、あの時ゆみちゃんが何度も『ちゃーちゃん』と口にしていたのに……、と悔いていた。

『ばぁば、えっと、あのね……ちゃーちゃん、いる。ちゃーちゃん、見つける』

ゆみちゃんは婆さんの頭を撫でた。嬢ちゃんが慕っていただけあって、優しい子だ。そんなゆみちゃんの行動に、気難しそうな爺さんの顔もほころぶ。

近くの家の塀をタキシードが歩いてくるのが見えた。

「どんな様子だ」

「気になるなら最初から来ればいいじゃねぇか」

そう言いながらも、状況を教えてやる。俺は寛大な牡なのだ。

「誘導できねぇのか？　人間の気の引き方は知ってるだろう」

お前が行け、とタキシードに顎をしゃくられた。注目が俺に集まっている。

「……仕方ねぇな」

嬢ちゃんのためだ。一肌脱ぐ懐の深さを見せてやる。

俺は尻尾をピンと立てて近づいていった。最初に俺の存在に気づいたのは、婆さんだ。

『あら。この猫ちゃん、あの時の猫ちゃんじゃないの？』

『ちゃーちゃん、ちゃーちゃんの……おとうさん』

以前もゆみちゃんは俺を見て同じことを言った。色味が似ているからだろう。

ひとしきり似合わないごろんごろんで気を引くと、立ち上がって嬢ちゃんのいる住宅街のほうへ歩き出した。こっちだ。

『ちゃーちゃんのおとうさん』

そうだ。お父さんでもなんでもいい。こっちだ。ちゃーちゃんはこっちにいる。

何度も振り返りながら誘導していると、呼ばれているとわかったのか、三人は俺についてきた。よし、いい判断だ。

だが、通りすがりの家から声がして俺の希望は打ち砕かれる。

中年の女だった。チラシを持っている。

『あの～、すみません』

『猫ちゃん捜してるんですよね？』

『はい、そうなんです。孫が飼っていた猫で』

『公園によく猫が集まってるから、そこに行かれたらどうですか？』

俺は尻尾を激しく左右に振った。逆だ。嬢ちゃんがいるのはそっちじゃねぇ。

『まぁまぁ、これはご親切に』

『この住宅地、公園が三ケ所あるんです。一ケ所はベンチだけの狭い公園ですけど、あとの二ケ所は遊具もあって結構広いので、猫が隠れているかも』

女は、指差しながら公園の場所を教える。すると三人は俺を置いて公園へ向かった。くそう。どうやら今日は運から嫌われてるらしい。

オイルやふくめんが見ている前で、ごろんごろんまでしたってのに。

「どうする」

「どうするもこうするもねぇだろ。お前、疫病神なんじゃねぇのか？」

「俺のせいにするな」

タキシードはそう言ったが、自分の責任とばかりに三人を追いかけて歩き始めた。俺、オイル、ふくめんと続く。

公園は無人だった。そりゃそうだ。今日は朝から太陽が薄雲の後ろに隠れてしまって出てこない。気温も低く、時間に置き去りにされたような寂しい風景が広がっている。猫の子一匹いない公園を見て、ゆみちゃんも落胆していた。

すぐそこにある幸運にあと一歩前脚が届かない時は、もどかしさで胸が焦がれる。爪を出してかき寄せようとしても、風に吹かれたタンポポの綿毛のようにふわりと軽やかにすり抜けて飛んでいってしまう。必死になればなるほど、予期せぬ動きで逃げていくから困りものだ。力を抜いてそっと前脚を伸ばせばいいのに、それができない。つい勢いよく飛びついてしまう。逆効果だとわかっていても……。

「どうしたらいいんすかね？」

俺はだんまりを決め込んでいた。今日の一本は『ニャンテクリスト』。スタンダードの中のスタンダードとも言えるまたたびを、猫生のほろ苦い思いとともに味わう。嬢ちゃんとゆみちゃんは目と鼻の先にいるってのに、どうして会えないんだ。会わせてやれないのだ。

自問しながら燻《くゆ》らす紫煙は心なしか元気がなく、床に向かってゆるやかに落ちていく。

「こうなったら、脱走させるしかないね」

振り向きざま、あんこ婆さんがポツリと零《こぼ》した。ボックス席の丸まった背中には、強い意志が表れている。

「脱走？」

「そうさ。脱走させるのさ」

「いいこと言うな、婆さん。俺も思ってたんだ。俺たちがやきもきしながら人間の動向を窺ってるなんて馬鹿らしい。ちゃあこが外に出られたら解決だろ？」

「そう簡単に行くか？」

「おっさん、俺は脱走経験があるんだぜ？」

得意げなところは、まだまだ若造だ。

だが、オイルの経験は使える。何せこいつは貴重なサビ柄の牡で一度人間に貰われて大事にされた。脱走防止もしていただろう。けれどもそんな中、厳重な脱走防止策を欺いて外に飛び出し、ここに戻ってきたのだ。

「オイル。デカい口を叩《たた》いたんだ。あんたが中心になって脱走させな」

「『NNN』の活動とは逆っすけど、俺もちゃあこちゃんのためなら、脱走計画に乗るっすよ！ ちぎれ耳さんもいいっすよね」

「俺は嬢ちゃんの望みを叶えてやれるなら、なんでもする。タキシード、お前も来い」

「ったく、お前らは本当に甘ったれだな」

かくして俺たちは、嬢ちゃんを脱走させることにした。集団で駆けつけた俺たちから話を聞いた嬢ちゃんは、信じられないとばかりに目を丸くする。

「あたしが脱走？　できるかしら」

希望が嬢ちゃんの瞳を輝かせた。会いたい――その思いが伝わってくる。

「早くゆみちゃんに会いたいわ。脱走ってどうやるの？」

「いいか、ちゃあこ。人間が出かける時が狙い目だ。それまで『あたしはくつろいでるのよ』って顔してるんだぞ」

「人間が外から戻ってくる時のほうが狙い目じゃないんっすか？」

「ば〜か。これだから素猫《しろうと》は」

脱走に素猫も玄猫《くろうと》もあるのかと言いたいが、黙って聞く。

「そっちのほうが人間はドアの内側に猫がいないか気をつけるもんだ。だから、逆に人間が家から出る時が狙い目なんだよ。直前まで毛繕いでもして、油断を利用する」

「なるほど！　さすがっす。あ、帰ってきた！」

自転車に乗った母子《おやこ》が坂を登ってくるのが見えた。黄色い帽子を被っているのが嬢ちゃんを拾った子だ。雨に濡れる子猫を見つけた時の弾《はじ》けるような声は、今も耳に残っている。

「焦るなよ、ちゃあこ。チャンスを狙ってやるんだぞ」

そう言い残し、俺たちは庭から塀に飛び移った。人間に見られないよう、ちりぢりになる。俺も退散しようとしたが、二人の会話が聞こえてくる。

『ねぇ、ママ。今日はルルと一緒にお風呂に入っていい?』

『駄目よ。猫ちゃんはお風呂は苦手だし、夏にならないと風邪をひくでしょ』

風呂か。飼い猫も大変だ。

『でも、ルルはいつもお風呂のドアの前で待ってるでしょ』

『そうね。だけどお水を見たら逃げていくじゃない。やっぱり水は苦手なのよ』

『じゃあ香奈がルルの躰を拭いてあげる』

『そうね。それならいいわね』

二人の姿がドアの向こうに消えるまで、母子の会話はずっと嬢ちゃんの話だった。


太陽は今日も病床の猫みたいに弱々しかった。

空き地の隅に放置された廃材の上。春先や秋頃は日向《ひなた》ぼっこをするにはいいが、太陽そのものが見えない今は、人間があまり来ないってだけの寂しい場所になる。目を閉じたまま身を縮こまらせ、冬場の貴重な太陽の恵みを全身に浴びる『またたび』の常連たちの表情も冴《さ》えない。嬢ちゃんとゆみちゃんの再会を願っている俺たちにとって、成果のない日々は狩りの失敗が続いた時の情けなさと似ていた。

寸前で逃げていく獲物のように、運が俺たちを嗤《わら》っているとすら感じる。

しかも、今日は脱走に失敗した。オイルのアドバイスどおりに上手《うま》く玄関を飛び出した嬢ちゃんだったが、呼ばれて脚をとめた。『ルルッ！』と叫んだのは、あの家の女の子だ。まだ小さいが、嬢ちゃんを呼ぶ声は大きかった。その声に驚いたのか、それとも別の理由からか、嬢ちゃんはそこで固まってしまった。

慌てて駆け寄って抱き上げられた時は暴れたが、二度と離さないとばかりにしっかりと抱っこされて家の中に連れ戻されたのだった。

「一度失敗したら、次は厳しいぜ？」

鈍色《にびいろ》の空の下で聞くオイルの声は、より沈んで聞こえる。

「仕方ないだろう。嬢ちゃんは優しいんだ。呼ばれてつい脚をとめたんだよ」

「もう諦めたらどうだ？」

「お前は冷てぇな、タキシード」

「本当にもとの飼い主に……いや。なんでもない」

風が落ち着いてきた。俺たちを慰めるように、太陽がほんの少し力を放出する。ありがたい。目を閉じたまま日差しがもう少し出てくれないかと念じていると、ただならぬ気配がこちらに向かってくるのを感じた。

「たっ、大変っす！」

ふくめんだ。鼻鏡が紅潮している。よほど慌てて来たのだろう。

「どうした？」

「人間の男がちゃあこちゃんを捜してるっす！」

俺は、むくりと顔を上げた。寝ている場合じゃない。三匹でふくめんについていくと、紙袋を持った怪しげな男がいた。この付近の郵便受けにチラシを投函して回っているようだ。俺たち野良よりずっとボサボサの頭を掻き、ブツブツ言いながら手元の紙に何か書き込んでいる。

「さっき歩いてる人間に『ちゃあこって名の猫を捜してる』って言ってたっす」

「なんであの男が嬢ちゃんを」

字が読めるのは、あんこ婆さんだけだ。ふくめんに「連れてこい」と命令し、俺は気づかれないよう男が配って回っているチラシを抜き取った。チラシには嬢ちゃんの写真がついている。

ふくめんに連れてこられたあんこ婆さんは、化け猫のように爛々《らんらん》と目を光らせていた。

「なんだい。怪しげな男がお嬢ちゃんを捜してうろついてるのかい？」

「ああ、字を読めるのはあんたくらいだ。読んでくれ」

俺がチラシを見せると、あんこ婆さんは「ふむふむ」と目を通し始めた。鼻に寄せていたシワが段々と消えていく。

「男の正体がわかったよ。ペット探偵さ」

「ペット探偵？」

あんこ婆さん曰《いわ》く、猫捜索の専門家だという。

チラシには写真だけでなく、嬢ちゃんの性格など細かい特徴が書かれているらしい。好きな食べ物や遊び方。もちろん連絡先も。

「猫捜しのプロだね。この男ならお嬢ちゃんの居場所を突きとめられるかもしれない」

澱《よど》んでいた空気がパッと晴れるようだった。心なしか、妖怪みたいなあんこ婆さんが美猫に見えてくる。

「なんだい？」

「いや、なんでもねぇ」

『お！　猫がたくさんいやがる』

話に夢中になりすぎて男に見つかった。塀の上にズラリと並ぶ俺たちを、楽しそうに見上げている。

『お前らこの猫見なかったか～？　教えてくれたら旨いもんやるぞ』

男はチラシを掲げた。そしてポケットから猫用おやつを出して見せびらかす。

飼い猫が脱走した時は、近所のボス猫に聞くといい。数日以内に連れ帰ってくれる。人間がまことしやかに噂《うわさ》している都市伝説だ。あながち嘘《うそ》ではなく、猫好きの人間に寛容な野良は多く、縋《すが》られると断れない猫情《びょうじょう》も手伝って面倒なことを引き受けてしまう。ペット探偵を名乗るくらいだ。男もそんな噂を信じたくなる経験をしているのかもしれない。

『ほらほら。これが欲しいなら教えてくれ』

男はしばらくおやつを振っていたが、馬鹿らしいと頭を掻いてため息をつく。諦めの早い野郎だ。俺たちを相手にするには根気ってのが必要だってのに。

「ちぎれの小僧。連れていってやんな」

言われずともそうする。普段ならこんな男は無視するが、嬢ちゃんがゆみちゃんと再会できるかどうかがかかっているのだ。

俺は塀からアスファルトに降り立った。

「こっちだ。嬢ちゃんはこっちにいるぞ」

『お、教えてくれるのか？　ほら、これやるから頼む』

目の前におやつを差し出された。香ばしい肉の匂いが漂ってくる。

俺は男の手に猫パンチを喰らわせてそれを叩き落とすと、すぐさまかぶりついた。口の中に広がる干した肉の味を堪能し、口の周りをべろんべろんと舐めてから歩き出す。顔も洗いたいところだが、今はそれどころじゃない。

『なんかお前言葉が通じてるみたいだなぁ。あっちは新興住宅だぞ。若い猫がわざわざこの広い道路を渡るかぁ？　しかも完全室内飼いだったらしいし』

「俺たちが斡旋したからな。つべこべ言わずについてこい」

『もしかして貰われてったのか？』

まるで俺の言葉を理解しているような反応だ。猫好きの人間が相手だと、なんとなくではあるが会話が成り立つこともある。

『なぁ～んかお前、信用できねぇな』

「失礼な男だな」

『よく鳴く猫だ。野良ってのは、ほとんど鳴かねぇんだがな。やっぱり俺に何か伝えようとしてるな、お前』

さっきから独り言の多い人間だ。いや、俺相手に話しているのだから、独り言とはいえないのかもしれない。

俺を信じろ。

何度も振り返りながら男を嬢ちゃんの家へと誘導した。到着すると、塀の上に座って顔を洗い始める。

『ここか?』

男は嬢ちゃんの家の敷地を覗いた。次にチャイムを押したが、飼い主は出かけているらしく応答がない。

『お、本当に猫飼ってるのか?』

窓に嬢ちゃんの姿があった。男は門から身を乗り出して確認を試みる。しかし、怪しげな男の存在に近くの家から気難しそうな老人が出てきて、何者だと厳しい声で騒ぎ始めた。どうしてこんなにタイミングが悪いのだろう。

『ペット探偵です。怪しい者じゃありません。……って、怪しいですよね』

男は必死で説明しているが、老人は疑念を顔に貼りつかせていた。ペット探偵を装った泥棒の下見じゃないかなんて言って大声をあげ、他の家からも人間が出てくる。ちょっとした騒ぎとなった。

結局、近所の人間を巻き込んだ騒動に男は逃げるようにこの場から立ち去った。俺たちのようにきちんと毛繕いをしてないからだ。だが、チラシはポストに入れていった。嬢ちゃんが捜されているとわかれば、連絡してくるだろう。

「ちぎれ耳さ～ん、どうなったんっすか～?」

いつまでも俺が戻らないのに痺《しび》れを切らしたのか、オイルとふくめんがやってきた。事情を話すと、ふくめんは残念そうにする。オイルも何か期待していたのだろう。つまらなそうな顔だった。

若い奴ってのは、せっかちでいけない。

「あ、帰ってきた！」

母親が白い息を吐きながら自転車を漕《こ》いで家に戻ってくるのが見えた。物陰に隠れて様子を窺う。

『あ〜、疲れた。思ったより買っちゃったわ』

自転車を停めると、パンパンに膨れ上がった買い物袋を抱えて門を開けた。彼女はすぐにポストのチラシに気づき、郵便受けの前で立ちどまったまま見入っている。

「チラシの猫がちゃあこちゃんってわかったっすかね？」

「そりゃわかるだろ。特徴も細かく書かれてんだから」

俺たちが見守る中、彼女はそれを袋に入れて家に入っていった。

「やったっす！　ちゃあこちゃんが捜されてるってわかってもらえたっす」

「これでちゃあこも無事にゆみちゃんのところで暮らせるな」

喜ぶ二匹をよそに、俺はある懸念を抱いていた。

母親のあの表情——。

風の強い夜、ギイギイと不快な音を立てる納屋の扉に眠りを妨げられるように、俺は安堵に浸ることはできなかった。

気がつくと、ふくめんとオイルは庭のほうに回って掃きだし窓から中を覗いている。俺が行くと、ふくめんは力なく言った。「……チラシ、しまっちゃったっす」

ぼんやりしていた懸念が、その輪郭をはっきりと浮かび上がらせる。

「ちゃあこちゃんを呼んでみるっすか？」

「ばぁ〜か、やめとけ。人間がいるだろ？」

しばらくすると、今度は娘たちが帰ってきた。車が停まると、後部座席から飛び出した娘は、玄関へと一目散に向かう。

『ただいま〜。あ、ママも帰ってた！　ルルは？』

『こっちよ』

『パパと行ったお店にね、ルルのおもちゃが売ってたの。見て見て！』

はしゃぐ声は、ドアが閉まっても聞こえてきた。チラシは抽斗《ひきだし》に入れたままだ。父親が入ってきても出そうとはしない。

「どういうことっすか」

「考えりゃわかるだろうが。嬢ちゃんを手放したくねぇんだよ」

「そんな……」

「マジかよ」

母親は笑顔で嬢ちゃんを呼び、親子三人でソファーに座った。嬢ちゃんは娘の膝に抱かれてブラッシングしてもらっている。

娘の気持ちを考えて黙っていることにしたのだろう。わからなくはない。愛する者を悲しませたくないのは、誰でも同じだ。

だが、嬢ちゃんの気持ちはどうするんだ。このまま、あの探偵が諦めるのを待つつもりなのか。それでいいのか。それで本当に嬢ちゃんをかわいがっていると言えるのか。

相手の幸せを願ってやるのが本当の愛情じゃねぇのか。

しかし、俺はわかっていた。心ってのは、そう簡単に割りきれるもんじゃないってことを……。

問題は深刻だ。

娘の想いを汲《く》んであの母親がこのまま黙っているつもりなら、嬢ちゃんはゆみちゃんとは会えない。それが愛情からくる行動とわかっているだけに、複雑だ。

俺はいつもの席で前を睨むようにしてまたたびを味わっていた。

今日俺が選んだのは『ニャンチョ・パンサ』。ウッディな味わいの中に、スパイシーさが香る逸品だ。

かの名作『ニャン・キホーテ』の登場人物が由来のまたたびだというのは有名な話で、『ロメオ・ニャ・フリエタ』や『ニャンテクリスト』など、文学作品にちなんで作られたまたたびは多い。

猫ってのは文学的な生き物なのだ。

今日はめずらしく、店は閑散としていた。常連は俺とタキシードだけで、あとはボックス席に一見《いちげん》の客が一匹座っているだけだ。こんな日もある。

「どうしてそんなに必死になる？」

タキシードが理解できないとばかりにボソリと零した。

そうだ。なぜそんなに必死になる。自問した。そして、口許に笑みを浮かべる。

「飼い主と再会して幸せになった奴を知ってるからかな」

俺は煙の向こうに、かつてタキシードの席に座っていた奴を見ていた。

猫目《ねこめ》を憚《はばか》らず、何年ぶりかに会う飼い主に甘える姿が蘇《よみがえ》る。それはまるで木陰で昼寝をしている初夏の日なんかに、ふと目を開けて遠くに見える公園の砂場だった。静謐《せいひつ》さの中に溢《あふ》れる光はあいつの喜びそのままで、目を細めずにはいられない。

何年経《た》っても互いを想い続けた人間と猫。もしかしたら、羨ましいのか。

馬鹿馬鹿しい……、と牙をチラと覗かせて嗤い、とうに死んだ婆ちゃんを思い出す。

「人間ってのはろくな生き物じゃねぇが、そんな考えが間違いなんじゃないかって思う時

「わかんねぇよ」

「そうかもな。山育ちで人間と接する機会がなかったお前には、わかんねぇよ」

「まぁな」

タキシードが、遠い目をしたように見えた。

「もしかしてお前にも会いたい人間がいるのか？」

「なんだ急に」

「別にいいだろう。聞いてみたくなったんだよ」

「聞くならまず自分が話せ」

俺は半分ほど吸ったまたたびを灰皿に置き、肉球の手入れを始めた。爪の根元まで丹念に舌で汚れをこそぎ取る。

「一人だけな。俺にちくわの味を教えてくれた人だ。もう死んじまったが」

まだ若造だった頃に出会った、一人暮らしの婆ちゃん。しわくちゃで、小さくて、静かだった。今でも婆ちゃんの声が時々蘇ってくる。『みーちゃん、食べんね』と……。

お袋のもとを離れて生活を始めたばかりだった俺は、婆ちゃんに『話し相手になっちゃらんね』と言われてちくわを条件に応じた。だが、一緒にいてありがたかったのは、俺のほうだ。

婆ちゃんの隣に置かれた座布団の上でする毛繕いは、最高に心地よかったっけ。

「お前の会いたい奴ってのは？」

「さぁな」

「ずるいぞ」

「お前が勝手に話したんだ」

「ずるいぞ」もう一度言う。

「お猫《ねこ》好《よ》しめ」

ボソリボソリと、俺たちの声が店内のＢＧＭに重なった。泣きのトランペットは、上手くいかない猫生のもどかしさそのものだ。嬢ちゃんのかわいい笑い声がここで聞けなくなった今、より深く俺たちを夜に沈める。

カウンター席に並んで座る俺たちの背中は、さぞ哀愁を漂わせていただろう。

澱んだ池に勢いよく雨水が流れ込むように、停滞していたものが動く時というのはなんの前触れもなく、一気に襲いかかってくる。

『ちゃーちゃーん』

その日、獲物を探して歩き回っていた俺は、聞き覚えのある声に脚をとめた。微《かす》かに聞こえてくる、嬢ちゃんを呼ぶ声――。

そちらに急ぐと、ゆみちゃんが車の下を覗いていた。後ろには爺さんたちもいて、機械仕掛けの人形のようなノロい動きで猫が隠れていそうな狭い場所を覗き込んでいる。

猫捜しのプロに頼んだってのに、まだ捜してやがるのか。呆れた。じっとしていられないのだ。その様子を見ていると、この前の男が姿を現す。

『あ、どうも、捜されてたんですか。すみません、いい報告ができなくて』

『いいえ、探偵さんを信じてないわけじゃないんです。ただ、わたしらも何かしたくて』

男はゆみちゃんに向かって屈《かが》んで頭を下げた。

『ごめんな、ちゃあこちゃんまだ見つからなくて。おじさん頑張って捜してるから、もう少し待ってくれな？』

やっと俺の耳に届くくらいの『うん、待てる』には、嬢ちゃんを諦めていない力強さを感じる。しつこいガキだ。

俺は尻尾をゆっくりと左右に振った。そして、もう一人の呆れた人間に気づく。四人の様子を物陰から窺っているのは、嬢ちゃんの飼い主――迷い猫のチラシを手にした母親だ。

『由美ちゃん、そろそろ帰りましょう。日が暮れてしまうわ』

『ちゃーちゃんは？』

恥ずかしがり屋で自己主張が苦手だと聞いていたが、よほど嬢ちゃんと会いたいのだろう。頑《かたく》なに首を横に振り、まだ捜すと訴えている。

『明日また来よう。明日は遅い時間まで捜せるようにもっと暖かい服装で来ればいい。そしたら気が済むまで捜そう』

『ちゃーちゃんも、……お外で寒がってる』

『おじさんが捜すから、お祖父ちゃんとお祖母ちゃんを休ませてあげよう』

ゆみちゃんは小さく頷いた。それでも後ろ髪を引かれるらしい。猫の姿がないか辺りを注意深く見ながら、祖父母に連れられていく。

あれを見て、彼女はどう思っただろう。まだ隠し続けるつもりか。

『くそ、なんで見つかんねぇんだ。貰われたにしろ、誰か知ってるはずなんだがな』

探偵は大きくため息をつき、持っていた紙を眺めながら頭をガシガシと掻いた。

飼い主が知ってて黙っているのだ。情報が出てこないのも仕方がない。ほら、すぐそこだ。すぐそこから一部始終を見ている。

『頼む、猫が見つかりますように。頼む！』

男は手がかりがすぐそこにいるとも知らず、尻ポケットからお守りらしきものを出すと、手を合わせて拝み始めた。神頼みとは情けない。

嬢ちゃんの飼い主が、逃げるようにその場をあとにした。

「何してるんだい？」

「おわ！」

あんこ婆さんに声をかけられ、跳び上がりそうなほど驚いた。背中の毛がツンと立つ。

「なんだよ、驚かすな」

「オイルたちがお嬢ちゃんを無理矢理脱走させようって必死だよ」

「なんだって？」

嬢ちゃんがよく外を眺めている掃きだし窓には、網戸の他に脱走防止用のワイヤーフェンスがあるのだ。俺たち猫でも破れない。妙な胸騒ぎがして、急いで向かった。庭にオイルとふくめんの姿を見つける。

「おい、お前ら」

「ちゃあこを脱走させる。ちゃあこの飼い主は、なんで捜されてるの知ってんのに知らん顔してるんだよ」

「そうっすよ。閉じ込めるなんてひどいっす！」

破られた網戸の間から、嬢ちゃんの前脚が伸びていた。ワイヤーフェンスをなんとか壊せないかと登ったり降りたりを繰り返している。

「ゆみちゃんがいるの。近くにいるんだもの。声がしたの」

実際に聞こえたのかどうかはわからない。だが、確かにいた。ゆみちゃんはすぐ近くにいて、嬢ちゃんを捜していたのだ。

「ゆみちゃんっ！　ゆみちゃーんっ！」

ここから呼んでも届かない。それは嬢ちゃんもわかっているだろう。それなのに、呼ぶことをやめられない。

一度はさよならすると決めた相手だ。身を引いたけれども捜されているとなると、話が変わってくる。ゆみちゃんと一緒にいたいという本音は、もう堰《せき》を切って溢れている。

「なぁ、上見ろ」

オイルの声に、俺たちは一斉にそちらを見上げた。何度も登った衝撃で緩んだのか、ワイヤーフェンスを支えている棒がずれて隙間が大きくなっている。「あ！」と声をあげるなり、嬢ちゃんはフェンスを登り始めた。一番上まで辿《たど》り着くと、外に出ようとする。だが、上手くいかない。

「ちゃあこ、無理すんな」

「危ないっすよ」

「大丈夫。出られるわ」

そう言ったものの、嬢ちゃんは立ち往生した。顔を出したはいいがよじ登った状態では不安定で、それ以上進むことも後退することもできなくなる。

「す、進めない……っ」

「ちゃあこ、いったん降りろ」

「無理っ、抜けなくなっちゃった！」

「ちゃあこちゃん！」

このままでは首が絞まる。いや、首の骨が折れるかもしれない。まずい。

「落ち着け、嬢ちゃん。ゆっくり、ゆっくりやるんだ」

「駄目、おじちゃま。抜けないの！　助けて、痛いっ。ゆみちゃん助けてーっ」

悲痛な鳴き声が響いた。首が妙な方向に曲がって身動きが取れないでいる。何度落ち着けと言っても、半ばパニックに陥った嬢ちゃんの耳には届かない。

その時、道路のほうから『ルルッ！』と声がした。

戻ってきた飼い主は嬢ちゃんの姿を見て、慌てて家に飛び込んだ。様子を窺っていると、椅子を持ってきて首が挟まって抜けなくなった嬢ちゃんを慎重に助け出す。

『ああ、よかった。ルル。どうしたの？　外に出たいの？』

「お母さん。あたし、ゆみちゃんに会いたいの。お外に出して」

『首痛くない？　怪我《けが》してない？』

毛を掻き分けて傷がないか確認する姿からは、嬢ちゃんを想う気持ちが伝わってきた。

現実ってのは、上手くいかないものだ。嬢ちゃんはゆみちゃんを、この家の人間は嬢ちゃんを大事にしている。

『外に出たかったの？　うちじゃ駄目なの？　香奈じゃ駄目なの？』

「ねぇ、お母さん。ゆみちゃんがあたしを捜してるって」

『ごめんね、痛かったでしょ？　本当にごめんね』

そうだった。この家の子はかなちゃんというんだった。涙声を聞いて、俺は踵を返した。

オイルとふくめんに呼びとめられるが、振り返りざま言う。「――夜にコトが動くぞ」

それは、確信だった。今夜だ。今夜、必ず状況が変わる。

「は？　どういうことだよ、おっさん」

「夜になればわかる。もう一度ここに集まれ」

オイルたちの疑問を解消しないまま、いったんその場を離れた。あんこ婆さんを連れて再び嬢ちゃんのいる家に来たのは、太陽が完全に姿を消したあとだ。

ひんやりとした空気を、青ざめた月の光が明るく照らしている。

普段ならＣＩＧＡＲ ＢＡＲ『またたび』で紫煙を燻らせている時間だが、カーテンの閉めきられた掃きだし窓の外に、オイルとふくめんはもちろん、タキシード、情報屋と、馴染みの顔がズラリと並んでいた。

「父親は帰ってきたか？」

「ああ。さっき戻ってきた。で、コトが動くってどういう意味だよ？」

「黙って聞いてな、オイル。そのうちわかるんだろ？　ちぎれの小僧」

家の中からは、夫婦が話し合う声が聞こえていた。

俺の確信——それは、一歩間違えれば首の骨を折ったかもしれない事件が、嬢ちゃんの飼い主にある決断をさせるだろうってことだ。

『このチラシ……。だから最近様子が変だったんだな』

『ごめんなさい、黙ってて』

『捜されてるんだったら、返したほうがいいんじゃないか？ ここに連絡先がある』

『香奈が悲しむわ。あんなにかわいがってるのに。毎日ベッドの上で寝てくれるのよ。夜はよく怖がってたのに、ルルが来てから一度もそんなことなくて』

『でも、もとの飼い主も同じ気持ちだろう。ペット探偵に頼んでるのに、自分たちでもまだ捜してるんだったらなおさらだ』

『そうなの、そうなのよ。すごく一所懸命捜してたの』

迷いを捨てきれない女を男が説得する形で会話は進んだ。

『香奈もきっとわかってくれる。来年から小学生なんだ』

『そうね。優しい子だもの。もとの飼い主の気持ちを考えることはできる子よね。ルルも最近よく外に出ようとするの。もしかしたら、飼い主さんが捜してるって本能で感じてるのかもしれないわ。動物ってそういう勘が働くっていうもの』

洟《はな》を啜《すす》る音も聞こえた。これで決まりだ。ようやく決心してくれた。つらい決断だが、揺るがないだろう。

『……そうか。ルルはちゃあこって名前なのか。かわいい名前だな』

『とてもおりこうな子だもん。大事にされていたのよね』

しみじみと語る夫婦の声に、嬢ちゃんの願いが届いたのだとようやく悟ったふくめんが、鼻鏡を紅潮させ俺を振り返った。

「ちぎれ耳さんが言ってたのって、このことだったんっすね！」

「もったいぶらずに教えてくれりゃいいのによ」

「ふん、わざわざ俺が来るまでもなかったな」

その時、足音が近づいてきたかと思うと、シャッと猫の威嚇音のような音とともにカーテンが開いた。立ちはだかる人間の影。

『きゃーっ！』

闇の中で光る俺たちの目に驚いたのだろう。悲鳴は窓を突き破って住宅街に轟《とどろ》いた。

「行くぞ！」

俺たちは闇に紛れた。風は冷たいが気分がいい。こんな時はまたたびで祝うに限る。

ワンブロックほど走ったところで、歩調を緩めた。浮かれた足取りで『またたび』に向かうふくめんの後ろ姿に呆れる。

無防備に尻尾をピンと立ててやがるから、キンタマが丸見えだ。

「お嬢ちゃんとはもう会えなくなるんだねぇ」

あんこ婆さんが、ふと寂しそうに零した。

そうだ。嬢ちゃんの幸せを願うあまりあいつらは忘れているが、ゆみちゃんとの再会は俺たちとの別れだ。それに気づいた時のふくめんの顔を想像すると、能天気さを醸し出す奴の尻が余計に気の毒に見えてくる。

「思いやられるな」

「何がだい？」

「あいつのしおれた向日葵みたいな姿は、見てらんねぇからな」

「何大人ぶってんだい。あたしに言わせれば、あんたも似たようなもんさね。いい狩り場を教えてやったり、普段しないことをしてたじゃないかい」

確かにそうだと苦笑いし、今日は何を吸おうかと思いを馳《は》せた。

こんな夜は、深く酔うに限る。


別れの日。

俺は嬢ちゃんの家の庭先に身を隠していた。オイルもふくめんもいる。あんこ婆さんもだ。ふくめんの落ち込みようはひどく、さっきからしきりに毛繕いをしている。

「落ち着け、ふくめん」

「だって寂しいっすよ。オイルも強がってるだけのくせに」

「お前みたいにウジウジしてないぞ。この婆さんみたいに、寂しくても平気な顔してろ」

「なんだい、生意気なガキだね。あたしはまったく平気だってのに」

そう言いながらも、どこか声に張りがない。店に来るのはほとんどが牡で、嬢ちゃんはまさに掃きだめに降りた猫だった。いつも向かい合って座っていた二匹に、俺たちにはない絆が生まれていても不思議はない。

その時、掃きだし窓が少し開いた。嬢ちゃんが開けてくれとねだったらしい。人間の姿が消えたのを見計らい、嬢ちゃんのもとへ集まる。

「ちゃあこちゃん！」

「ふくめんちゃん、みんな。お見送りに来てくれたの？」

嬢ちゃんはゆみちゃんに会える喜びでいっぱいだった。五月晴れ《さつきば》れの下の水たまりのように瞳はキラキラと光を放ち、ヒゲはピンとしていて尻尾も立っている。待ち遠しいといった気持ちが全身から漲《みなぎ》っていた。それを見たふくめんのヒゲが、ますますしょぼくれて下を向くのがおかしい。

別れの挨拶をしていると、マスターとタキシードも現れた。代わる代わる言葉を交わし終えたところで、家の前に車が停まった。表に回って見ていると、ペット探偵の男が出てきてゆみちゃんたちを案内する。男は車で待つつもりらしい。チャイムを鳴らして挨拶し、三人だけが家の中に入っていった。

『香奈ぁ～。下りてきなさ～い』

『こんにちは、香奈です』

婆さんたちが玄関先で挨拶するのが聞こえた。嬢ちゃんの耳もヒゲもそちらに集中している。

「ゆみちゃん！」

嬢ちゃんはゆみちゃんがリビングに入ってくるなり、立てた尻尾をぶるぶるっと震わせた。

『ちゃーちゃん』

マシュマロみたいな笑顔のゆみちゃんの手に、嬢ちゃんが鼻を擦《こす》りつける。床にゴロンとなって腹を出し、撫でられるとまた立ち上がって同じことを繰り返した。

「ゆみちゃん、ゆみちゃん！　迎えに来てくれたのね。ずっと会いたかったの。ゆみちゃんとまた遊べるなんて嬉しいわ」

その喜びようといったらなかった。後ろ脚で立ってもっと撫でてくれと催促するのを見たあんこ婆さんは「本当によかったね」と言って帰っていく。タキシードとマスターも見守るのはここまでだとばかりに踵を返した。

ふくめんは最後までいるつもりだろう。オイルもそれにつき合う気らしい。俺も仕方なくその場に座って中の様子を眺めながら毛繕いを始める。

『今お茶を淹《い》れますので、どうぞお座りになってください』

『ねぇ、ママ。お姉ちゃんと一緒にルルと遊んでいい？』

『いいわよ。由美ちゃんだったかしら。香奈と遊んでくれる？』

ゆみちゃんは恥ずかしそうに頷いた。するとかなちゃんはネズミのおもちゃを持ってくる。

『あのね、これでよく遊んでたの。こっちが新しいので、こっちがお気に入りのほう』

「遊んで遊んで！」

喜んでキャットタワーに飛び乗る嬢ちゃんの尻尾が、ぷーっと膨れた。

『本当に大事にしてらしたんですね』

『はい。わたしらがいたらなかったばかりに、ちゃあこちゃんがいると気づかずに置いて引っ越してしまって』

大人たちの向こうで、嬢ちゃんを相手にゆみちゃんとかなちゃんが猫じゃらしで遊び始める。二人とも扱い方は心得ていて、嬢ちゃんは大忙しだ。ネズミを捕まえ、バッタに飛びかかる。

『ルルちゃんって名前を頂いてたのね』

『はい、娘がつけたんです。本当はちゃあこちゃんって名前だったんですね。とっても人間に懐いてて、香奈もすぐに仲良くなれたんです。ねえ、香奈』

『うん！　あのねっ、香奈といつも一緒に寝てたの！』

「ねぇねぇ、もっと遊んで！　かなちゃん、さっきみたいにして！」

かなちゃんが握るおもちゃの先についたバッタは、本当に生きているみたいだった。よかったな。

別れの時間が近づいているのに気づきもせず夢中になっている姿に、俺は一抹の寂しさを覚えた。歳《とし》を重ねてから、別れってやつが心にやけに染みるようになった気がする。

どのくらいしただろうか。遊び疲れた嬢ちゃんがキャットタワーのバスケットに入って毛繕いを始めると、大人たちはゆっくりと立ち上がった。

『それじゃあ、わたしどもはこれでおいとまします。ちゃあこちゃんをかわいがっていただいて、本当にありがとうございました』

『こちらこそ、ちゃあこちゃんのおかげで香奈はすっかり猫好きになりました。ほら、香奈。ルルにさよならしなさい』

キャリーケースに嬢ちゃんが入れられるのを見た瞬間。それまでご機嫌だったかなちゃんの顔がぐにゃりと歪《ゆが》んだ。

『ルル……』

つぶやかれた嬢ちゃんの名前。

目から大粒の涙が溢れたかと思うと、かなちゃんは母親のもとへ行き、胸に顔を埋《うず》めて泣き始める。

リビングを満たしていた楽しい空気は、一気に悲しみに塗り替えられた。

『まぁまぁ。ちゃんとお話ししたでしょ？　ルルには飼い主がいたの。すごく大事にしてる飼い主がね』

『でもっ、香奈もルルと……っ、仲良しだもんっ』

「……かなちゃん」

嬢ちゃんもこの時初めて、かなちゃんとさよならだと気づいたらしい。

ゆみちゃんに会いたいばかりに、今の飼い主の気持ちを考えてやれなかった。いや、自分の気持ちもだ。

ゆみちゃんとの時間に比べれば短いのかもしれない。お母さんが突然亡くなって、一週間一人と一匹で命を繋《つな》いだ経験もしてない。

けれども、確かに暖かな時間はあったのだ。

心を通わせ、遊んだ時間。ベッドで寝ているとも言っていた。保護されなければ凍えていたはずの時間、嬢ちゃんは暖かい場所で愛情を貰った。それを忘れるわけがない。

嬢ちゃんのヒゲが、心なしか下を向いている。

『すみません。まだ六歳だから、ちょっと寂しくなったみたいで』

ちょっとどころじゃない。母親の胸に顔を埋めて泣きやまない姿は、見ているだけでも胸が痛む。大人たちもそれ以上声をかけられないでいた。

『香奈ちゃん。ちゃーちゃんの、こと……好き？』

『うん。ルルは……ちゃあこちゃんは、いつも香奈と、一緒に寝てたの。だからお姉ちゃん、もう一回だけ触らせて』

最後の我儘《わがまま》だった。拭っても拭っても溢れる涙は、切実に触れ合いを求めていると物語っている。

嬢ちゃんがキャリーケースから出された。

「かなちゃん、泣かないで。あたしかなちゃんも大好きよ」

『ルル。幸せになってね』

どうして別れってのは、避けられないのだろう。

いつも俺たちの傍らにいるそいつに、そう訴えた。忘れた頃にふと顔を出して、心を掻き乱しやがる。落ち葉が舞う木枯らしの夜みたいだ。

『ルル、バイバイ。ルル。ルル、じゃあね。バイバイ』

両親も涙ぐんでいた。いつまでも嬢ちゃんを手放せず、別れの言葉を繰り返すことで少しても長く触れ合っていようとする姿に、心もくしゃくしゃになっていく。

『ほら、そろそろお返ししなさい。もう十分さよならをしたわ』

母親に宥《なだ》められ、ようやく決心がついたようだ。嬢ちゃんをキャリーケースに入れる。

だが、それを見たゆみちゃんは、嬢ちゃんを再び外に出してかなちゃんに抱かせた。

「ゆみちゃん……？」

不思議そうに見上げる嬢ちゃんを、ゆみちゃんは決意の籠もった目で見下ろしている。

『ちゃーちゃん……いって、きます』

右手がゆっくりと上がったかと思うと、左右に振れた。

「……ゆみちゃん」

嬢ちゃんは戸惑っている。

ゆみちゃんの『行ってきます』は特別支援学校へ行く時、留守番をする嬢ちゃんに向けられていた言葉だ。そして、自分が口にしている言葉の意味を十分に理解しないまま、嬢ちゃんを置いていった時に放った言葉でもある。

「あたし、ゆみちゃんが大好き」

『ちゃーちゃん、いって……きます。……バイバイ』

繰り返される言葉に、嬢ちゃんはその意図がわかったらしい。けれども、あの時のように「行ってらっしゃい」とは言えずにいる。

ゆみちゃんがキャリーケースの蓋を閉じると、人間たちもようやく理解したようだ。

『いいの？　お姉ちゃん』

『駄目よ、そんな……とても大事にしていた猫ちゃんでしょう？』

ゆみちゃんは大きく頷いたが、目から涙が零れた。決して嬢ちゃんへの愛情が薄れたわけではない。嬢ちゃんが笑って祖父母に連れていかれるゆみちゃんを見て身を引いたように、かなちゃんに甘える嬢ちゃんの姿に、置いていくと決めたのだろう。

大人たちは戸惑っていた。その中でかなちゃんだけがこの決断に縋りつこうとしている。

『香奈がルルと暮らしていいのっ？　香奈にくれるの？』

『うん』

『香奈、もっとかわいがる。もっと大事にするからママ、ルルを貰っていいっ？』

『もちろんうちはいいわ。でも……』

後悔しないのかと心配するのも当然だ。こうしている今も、離れがたい気持ちはひしひしと伝わってくる。

彼女は少し考えると、いいことを思いついたとばかりに顔を上げた。

『あの……もしよかったら、時々うちに遊びに来ていただけませんか？　そうすれば、由美ちゃんもちゃあこちゃんとまた遊べます』

爺さんと婆さんが、顔を見合わせる。

『香奈は一人っ子だから、前からお姉さんが欲しいって言ってたんです。さっき二人が仲良く遊んでいるのを見て姉妹みたいだって思ってしまって』

「いい考えね！」

嬢ちゃんの尻尾が再びピンと立ち上がった。ゆみちゃんの表情も、一瞬にして変わる。

『由美ちゃんもお友達が増えるのはとてもありがたいことだわ。ねぇ、あなた』

『そうだな。それに、うちは柴犬《しばいぬ》がいるから、一匹で飼ってもらえるおうちのほうがいいかもしれんな』

「そうなの！　あたし犬は苦手だからちょっと心配だったの。それに、ここにはおじちゃまたちもいるのよ。あたしの大事なお友達がたくさん」

まさか、俺たちのことが出てくるとは……。

「ちゃあこちゃんが……俺らを友達って言ってるっす」

「泣くなよ、みっともねぇ」

「オイルだって嬉しいくせに」

話がいい方向に転がり始めると、驚くほどスムーズにコトは進んだ。二つの家族は、嬢ちゃんを通して新たな交流を約束する。改めて嬢ちゃんの飼い主が決まり、名前をどうするかという話になった。

『ルル』

「はーい」

『ちゃーちゃん』

「はーい」

どちらの名前にも返事をする嬢ちゃんを見て、全員が笑顔になる。

「どっちもあたしの名前よ！」

二つの名前を貰った嬢ちゃんは、これまでになく幸せそうだった。

そうだ。過ぎ去った時間が戻らないように、一度変化したものをそっくりもとの形に戻すのは難しい。知ってしまった愛情は、簡単には忘れられない。新たに繋いだ絆も、易々《やすやす》と断ち切れない。日々、俺たちの世界は変わっているのだ。

だが、形を変えて愛情は残り続ける。

「あんこ婆さんに教えてやれ」

「そうっすね！　これからもちゃあこちゃんと会えるって言ったら喜ぶっすよ！」

「あの婆も素直じゃねぇからな。行こうぜ」

二匹は嬉しそうに駆けていく。オイルまで尻尾がピンと立っていて、苦笑いした。

おい、お前ら。キンタマが丸見えだ。

# 第二章

# 嫌われ者

死ってやつはいつも近くにいて、必死で生きる小さき者たちを呑《の》み込む瞬間を虎視眈々《こしたんたん》と狙ってやがる。魔物のように。

俺は自分のねぐらで空腹に耐えていた。寒さは飢えをより鋭利にする。

重い空が虫のような雪を吐き出していた。暴風雨を伴う嵐にも命の危険を感じるが、静かな始まりってのには忍び寄る不気味さがある。

音もなく景色を塗り替えるそいつは、ジワリジワリと俺たちの命を削《そ》ぐ。

もう何日だ。何日喰《く》ってない。

俺は目を閉じたまま、暴力的な冷え込みにじっと耐えていた。

最後に口にしたのは、ゴミ箱から盗《と》ってきた鶏肉だ。だが、肉だと思っていたのは肉汁を吸ったスポンジで胃の中のものを全部吐き出した。

運から見放されたのは、あれからだ。

その後、絶好の狩りのチャンスを人間のガキに邪魔され、猫嫌いの人間に水を浴びせられ、散歩中の犬公に吠《ほ》えられて街路樹の高いところまで登ってしまった。降りられなくなって木の上で何時間過ごしただろう。飢えと寒さに耐えながらなんとか地上に降りた時はフラフラで、空腹のあまり喰い物の匂いに誘われて、工事現場に置いてある袋に顔を突っ込んだ。すぐ近くに人間がいるとは気づきもせず。

ちょっと目を離した隙に野良猫に弁当を漁《あさ》られて激怒した男は、手近にあったレンガを投げつけてきた。まぁ、気持ちはわかる。俺だって獲物を横取りされちゃあ敵《かな》わない。

いつもならあんなもの軽く躱《かわ》してやるが、腰の辺りに直撃を受けたのだから、自覚していた以上に体力を消耗していたのだろう。痛みは後ろ脚にまで広がり、今も違和感が残っている。

回復するのが先か、体力が限界を迎えるのが先か。

「くそ……」

どこからともなく魚を焼く香ばしい匂いが漂ってきた。人間が飯を作る時間ってのは、空腹には堪《こた》える。何か喰いたい。なんでもいい。腹が減った。鼻は乾き、目もかすんできやがった。目の前にうっすらと浮かんでくる人間の影。

『ミーちゃん』

それは俺が生涯でただ一人、心を許した婆ちゃんの姿だった。

まだ若造だった頃、俺にちくわの味を教えてくれた人だ。心を許した人間は後にも先にも婆ちゃんだけで、ずっと前に死んだのに今も時々思い出す。

しわしわで、小さくて、見事な猫背を持っていた。猫語を理解してるんじゃないかと思うほど、会話が嚙《か》み合っていた。俺を『ミーちゃん』と呼び、縁側に並んで日向《ひなた》ぼっこをしたっけ。

俺もそろそろ婆ちゃんのところに行くってことなのか。それもいい。

つい弱気になるが、ふいに婆ちゃんの声が聞こえた気がした。

『美味しかね？』

笑顔とともにちくわの味も思い出し、俺を呑み込まんとする諦めを振り払った。

いや、まだだ。もう一回ちくわが喰いたい。

あそこに行ってみるか。

俺は肚《はら》を括《くく》った。

今日はいつもより寒い。この様子だと夜中にグッと気温が下がるはずだ。

何も喰わないままでいたら、朝を迎える前に力尽きるだろう。これ以上体力を消耗したら命を繋《つな》ぐことはできない。

俺は最後の力を振り絞って立ち上がった。

『ほら、食べんね』

ちくわを差し出す優しい笑顔が再び脳裏に蘇《よみがえ》った。これから向かう先にいるのは、婆ちゃんとは似ても似つかない猫嫌いの鬼婆《おにばばあ》だってのに。

命を繋ぐために、危険を承知で行く場所だ。命をかけた狩り。数日前のことを思い出しながら、目的の場所を目指す。

あの時は、まさか自分がこんなふうになるなんて思っちゃいなかった。


『コラッ、あっちへ行け！ シッシ！』

その日、昼寝を決め込んでいた俺は、耳をピクリと動かした。最近やたら響いてくるのは、この住宅街に越してきた人間の婆の声だ。鈍色《にびいろ》の空に吸い込まれるダミ声は耳障りで、よく昼寝を邪魔される。

「ったく、今日も騒がしいな」

ゆっくりと起き上がって塀の上に登って少し歩くと、騒ぎのもとを眺めながら座って毛繕いを始めた。耳の後ろまで丹念に。身だしなみってのは大事だ。

「あっ、ちぎれ耳さんっ！」

ふくめんが鼻鏡《びきょう》を紅潮させてこちらへ向かってくるのが見えた。興奮しているのは、人間に追いかけられたからなのか、何か事件があったからなのか。

「どうした？」

「へっへ～。今日は魚にありつけたっす」言いながら、口の周りをべろんべろんと舐《な》めている。俺もよくやる。魚の脂ってのはいつまでもいい香りを漂わせるもんだ。

『来るんじゃないよっ！』

また声がして、今度はオイルの野郎が鶏肉を咥《くわ》えてこちらへ逃げてきた。どことなく自慢げに見えるのは、獲物の鶏肉がやけに大きいからだろう。

「やったぜ、ゴミを漁ったら出てきた」

オイルは俺たちの横をすり抜けると、少し離れた場所でゆっくりと獲物を腹に収めた。遠くのほうで鬼婆の怒鳴り声が聞こえる。

「あそこ、ゴミをよく庭に置きっぱなしにしてるんっすよ。だけど鬼婆が見張ってるから危なくって」

「あんな婆に捕まるかよ。そもそもあそこはいい隠れ家だったんだ。喰いきれずに捨てたもんを俺たちが貰《もら》って何が悪《わり》ぃんだよ」

長年空き家だった家に人間が出入りするようになったのは、夏頃だったか。しばらく騒がしかったが、雑草が生え放題だった庭はすっかり地面が剝《む》き出しになり、家も修繕された。だが、人間が住み始めてからも一日中カーテンが閉めきられていて、中からテレビの音が微《かす》かにするだけで辛気臭さが漂っている。

二匹の話によると、あそこに越してきた婆は猫嫌いらしく、姿を見ただけで箒《ほうき》を持って追いかけてくるらしい。足腰が弱った婆さんだから追いつかれることはないが、うるさい声で喚《わめ》き立てるからたまったもんじゃない。

「ちぎれ耳さんも行くといいっすよ。絶対追いつかれないっすから」

「俺は遠慮しとくよ」

得体の知れない婆が生息する場所だ。こいつらのように、好奇心半分なんて無謀な真似《まね》をする若さはとうに失った。寝子危《にゃんし》うきに近寄らず、だ。

『こんにちはー、町内会の西野《にしの》です』

その時、人間の女が件《くだん》の家のインターホンを押した。ピンポーン、と家の中から微かに聞こえてくる。女が何度か鳴らすとようやく玄関の扉が開いた。

『そう何度も呼ばなくても聞こえてるよ』

『あ、すみません』

『こっちは足腰が弱ってるんだ。そんなにせっつかないでもらいたいね』

すみません、と頭を下げた女は、持っていた紙を差し出した。

『これ、ゴミの分別表です。引っ越されてきたばかりで大変でしょうが、燃えるゴミは月曜と木曜ですから、その日以外は出さないようお願いします。烏《からす》とか野良猫が漁るので』

余計なことを言うな――オイルが忌ま忌ましいといった顔をしている。

『あ、そう。それは悪かったね』

『何かお困りだったら……』

『困ってなんかないよ。あっ、シッシ！　また来た。あーもう！　野良猫ってのは、ほんと目障りだね！』

鬼婆は俺たちを威嚇すると、ブツブツと文句を言いながら家の中へ戻っていった。その形相はまさに鬼婆で、よもや俺たちを取って喰うつもりなんじゃないかって思うほどだ。

どうせ家に閉じ籠もってんだから、冷たい風を遮る場所を提供してくれてもいいだろう。俺たち猫がいようがいまいが、さほど変わらないはずなのに。

まったく、人間ってのは心が狭い。

ポツンと残された女が、玄関に向かって辞儀をして帰っていく。

「すげぇ婆だな」

「近所の嫌われ者みたいっすよ」

「お前ら気をつけろよ。油断すると箒でやられそうだ」

俺は静かな場所に移動しようと歩き出した。個人商店のところまで来て、さっきの女がいるのに気づいて脚をとめる。

『西野さ〜ん、どうでした〜？』

『いつもの調子で……ああ、どうして私が組長の時に引っ越してきたんだろ』

ため息を零《こぼ》すと、彼女は輪の中に入ってお菓子を食べ始めた。ボリボリ、ムシャムシャと、相変わらずここに集まる人間どもの食欲は旺盛だ。

ふくめんの言うとおり、鬼婆は近所の嫌われ者らしく、次々と不満が飛び出す。

『ゴミをちゃんと出してくれないから、ほんと困ってるのよね。お願いしても軽く流すだけで、聞いてくれないの』

『迷惑よねぇ』

『ほら。引っ越してくる前も土地の管理を全然してなかったじゃない？　お隣の根元《ねもと》さん、雑草が越境してきて迷惑だったって言ってた』

『よくある問題よね。うちの姉のとこもいるらしいの。迷惑な住人』

『うちも庭の草ボーボーだわ。気をつけなきゃ。あー、草取り面倒』

そうやってボリボリとせんべいを貪っている間に行動に移せばいいものを、尻に根っこが生えたように動かない。

『ああいう人って、いずれ孤立してゴミ屋敷になるわよ。今のうちに手を打たなきゃ』

『騒音おばさんとかいるじゃない？　あんなになったらどうしよう』

『本当は寂しいのかもね。誰か親しくなれるといいけど、あの調子じゃねぇ』

『あらっ、あいつまた来てる。ほら』

せんべいに喰らいつこうとしたクルクルカールの女が、俺に気づいた。テーブルの上に広げた喰い物の中からスルメを選んで投げてよこす。おやつをくれるのはありがたいが、もっと旨《うま》いもんがあるだろう。

俺はすぐに飛びつかなかった。腹が鳴っているが、駆け引きは大事だ。

『ちょっと、食べないわよ。野良の分際で生意気ねー』言いながら、今度は笹《ささ》かまの袋に手を伸ばす。そうだ、そいつだ。わかってるじゃないか。

俺は笹かまに喰らいついた。旨い。やはり練りものってのは最高だ。弾力のある歯応え。口の中に広がる魚の風味。スルメも頂き、もう少しよこせとその場に座り込む。

『やだ、まだいるって言ってるわ。ふてぶてしい野良ね。ほら、最後よ』

もう一欠片《ひとかけら》もらい、腹に収めたあとさらに催促したがここまでらしい。俺を無視する人間に早々に見切りをつけると、踵《きびす》を返した。

用が済めばこんなところにいる必要はない。

途中、再び鬼婆の家の近くを通った。すると、不機嫌な顔でゴミ袋にゴミを入れている。噂《うわさ》されていたように、そのうちゴミ屋敷になりそうだ。

隠れる場所が多いのは野良猫にとって好都合だが、鬼婆が住んでいる以上、安らぎの場にはならねぇだろう。


あと少しだ。

俺は怪我《けが》した脚を引き摺《ず》りながら鬼婆の家を目指していた。

頼む。ゴミを庭に放置しておいてくれ。

俺の願いが通じたのか、庭先に馴染《なじ》みの袋が置かれているのが見えた。しめた。あの中に喰い残しが入っていれば命を繋ぐことができる。

周りに他の野良猫がいないか確認すると、袋に近づいていった。爪と牙で引き裂いて中を探る。いい匂いがした。魚だ。夕方によく漂ってくる匂い。

我を忘れて前脚で中のゴミを掻《か》き出した。顔を突っ込んで探す。匂いが濃くなったかと思うと香ばしい焼き魚が出てきた。しかも、大きい。夢中で喰らいついた。

まだたくさん身がついてやがる。舌でこそぎ取り、脂を舐めた。さらに下のほうには、天ぷらまで入っている。

「うめぇな。……うめぇ」

これでしばらく喰わずに済む。体力を温存できる。その間に怪我も治るだろう。

情けないが、同時にありがたくもあった。人間の残したものが命を繋いでくれる。この時ばかりは、喰い物を無駄にする人間に感謝した。

だが、俺はまたやっちまった。同じ失敗を繰り返した。

夢中になるあまり、ゴミ袋に顔を突っ込みすぎて注意を怠った。背後に人の気配を感じた時には、すぐ近くに迫られている。手に箒を持った鬼婆。

殺される！

逃げようとしたが、まだ痛む後ろ脚は地面を蹴ってはくれない。へっぴり腰でゴミ袋の中から這《は》い出した。けれども後ろ脚の爪が袋に引っかかって取れない。

『おい、猫。さっさと出ていきな！　シッシ！』

振り上げられた箒に、俺はイカ耳になった——逃げられない。

そう思った瞬間、あるものが目に飛び込んできた。驚いて一瞬思考がとまる。まさか。

婆の箒が地面に叩《たた》きつけられて我に返った。

次の瞬間、爪がゴミ袋から外れた。なんとかその場から逃げる。鬼婆の手の届かないところまで来ると一度立ちどまり、振り返った。鬼婆はそれ以上追ってこなかったが、すごい形相で俺を威嚇する。

『人間は怖い生き物なんだっ。近づくんじゃないよっ！』

本人の言うとおり、確かに、恐ろしい顔だ。


命を拾った。

俺は久々にＣＩＧＡＲ《シガー》ＢＡＲ《バー》『またたび』のカウンター席に座っていた。老いぼれのため息のように深いウッドベースが、紫煙が漂う店内の空気を微かに揺らす。

今日のまたたびは『ゴールデンキャット・シガー』。言わずと知れた猫のパッケージが目印の『ゴールデンキャット』が北海道限定で出したリトルシガーで、随分と安い。俺がいつも吸っているまたたびは三層構造だが、こいつはまたたびの葉を刻んだ刻《きざみ》をシートで巻いただけだ。しかも、フィルターがついている。普段は選ばないが、死を目前にしたからか普段とは違うものを試したくなった。

こういうのも揃《そろ》えているのが、マスターのすごいところだ。

軽いが、微かにラム酒のような甘い香りが鼻に抜ける。悪くない。

「そうでしたか。最近店においでにならないものですからどうされたのかと」

マスターは久々に店に姿を現した俺を見て、安堵《あんど》の表情を見せた。そろそろ俺も死ってやつを意識する歳《とし》になったが、マスターの脳裏にもよぎっただろう。野良猫の寿命は短い。

「人間の攻撃を喰らうなんてドジっ子だな」

「好きなだけ言え」

タキシードの揶揄《やゆ》を軽い笑みで一蹴できたのは、死線を乗り越えてまた一つ成長したからだろうか。どこか達観できた気もする。

「おっさんもしぶといな。おっ死《ち》んでもおかしくなかったんだろ?」

「言え言え。お前も好きなだけ言え」

「オイルさんは、ちぎれ耳さんの顔が見られて嬉《うれ》しいんですよ」

マスターの耳打ちはオイルにも聞こえたらしい。「そんなわけあるか」と反論する横で、ふくめんが鼻鏡を紅潮させて喜びを露《あら》わにしていた。

猫たるもの、そんなに愛嬌《あいきょう》を振りまいてどうする。

「俺は嬉しいっす。仲間だし、いなくなったら淋《さみ》しいっす」

仲間、と言葉を嚙み締め、苦笑いした。ふくめんはいつまで経っても変わらない。

その時、カランッ、とカウベルが鳴って冷たい外気が俺の背中を撫《な》でていった。冷気とともに入ってきたのは情報屋だ。

「おう、情報屋。久し振りだな」

「ちぎれ耳の旦那《さ》」

その表情は冴えなかった。ボックス席に座り、ため息をつく。マスターに注文する口調もどことなく重かった。何か心配事でもあるのかと聞くと、捨て猫を見つけたのだという。

「またか」

「ええ、三匹一緒に段ボール箱に入れられて」

この時期に捨てられるなんて、運が悪い。生き延びられるはずがない。突然母親から引き離されたガキどもは、身を寄せ合って今も箱の中でじっとしているという。

「鬼婆のところならよく生ゴミが放置してあるぜ？」

オイルの野郎が限定品を味わいながら、軽い口調で言った。

「例の家ですか？　あそこは危ないですからね。まだ小さいですし、人間に対する警戒心は薄いんで下手すりゃ捕まって保健所行きってことも」

「ほっ、保健所⁉」

「あの婆ならやりかねねぇよな」

ふくめんの背中の毛が、ツンと立った。オイルと一緒にゴミ漁りをしていたが、自分がいかに危険な状況に飛び込んでいたのか、今さらのごとく自覚したらしい。

「なんだよ、ふくめん。ビビっててんのか？」

「だって、保健所っすよ？　保健所！　恐ろしい場所って聞いたことがあるっす」

「あそこはひどいらしいね。まとめて一気にガス室送りさ。千香《ちか》ちゃんがよく怒ってたっけねぇ」

昔の想《おも》い出に浸っているのか、ボックス席のあんこ婆《ばあ》さんが懐かしそうに言う。

そうだ。心ない人間に捕まれば、飼い主のいない俺たちは殺処分される。

「お、俺。二度と行かないっす」

ふくめんの奴は、その恐ろしさにすっかり萎縮してしまったようだ。背中の毛だけじゃなく、尻尾の毛まで立って膨れている。

しかし、本当にそうなのか。

俺は自問していた。箒で殺《や》られると思った瞬間に見たもの――。

鬼婆の靴下は、猫柄だった。猫が嫌いな人間が、あんなもんを履くだろうか。それとも単に着るものに頓着しないだけか。

「どうかしたんですか、旦那」

「いや、実はな……」

俺の話を聞いた情報屋は、信じられないとばかりに目を丸くした。ふくめんも不可解そうに鼻にシワを寄せている。まさか。じゃあなんで。

「どういうことっすかね？」

「猫の模様がついてる靴下履いてたからって、猫好きとは限らねぇだろ。猫じゃなくて猫の肉が好きなのかもしんねぇぜ？　あの鬼婆なら自分で捌《さば》いて喰いそうだよな」

「ひぃぃぃ……っ！　どっ、どう思います？　タキシードさん」

「さぁな」

盛り上がるオイルたちとは裏腹に、タキシードはクールに決め込んでいる。何が『さぁな』だ。格好つけやがって。

だが、こいつも気になっているのは間違いない。冬の時期に捨てられた三兄弟をなんとかできないかという思いが、横顔に滲《にじ》んでいた。

「どうするんだよ、情報屋」

「いい斡旋《あっせん》先がないか、地道に情報を集めるしかないですね」

「お前が囮《おとり》になって鬼婆が猫好きか猫の肉が好きか、探ってやればいいんじゃねぇか。ちぎれの旦那」

揶揄され、鼻にシワを寄せる。

どうせ俺はお節介だよ。だけどな、俺を焚《た》きつけるお前だって相当な甘ちゃんだ。

残り少ない『ゴールデンキャット』を根元まで灰にすると、「お前がやれ」。言い残して早々に席を立った。マスターが全快祝いを申し出てくれたが、気持ちだけ貰って店を出る。

ねぐらへ帰る途中、三兄弟が捨てられていたという空き地へ向かった。

段ボール箱はあった。中で毛玉がもぞもぞ動いている。俺の気配に気づいたらしく、サビ柄のガキが顔を出した。

「だ、誰か来たぞ！」

「隠れろ！」

「こ、怖いっ」

俺みたいな顔のデカいおっさん相手なら、驚きもするだろう。中を覗《のぞ》くとシャーッ、と威嚇される。

餌が置いてあったらしく、空の器があった。綺麗《きれい》に舐め上げられている。三匹が小さな頭を突っ込んで、もうない餌の匂いを嗅いだのかと思うと、心の奥に雨雲みたいな重いもやもやが広がった。

僅かな罪悪感を払拭するためだろうが、数日飢えをしのいだところで死を先送りするだけで結果は変わらない。数日分の餌は、むしろ寒さに晒される時間を長くするだけだ。どうして人間ってやつは、そこまで考えないのか。少し考えりゃわかるだろうに。いや、そんなことはわかって捨てたのか。

「ふん」

俺は踵を返した。

「行ったぞ。逃げていった」サビ柄が自慢げに言った。

「俺たちが追い払ったからな」と白茶。

「こ、怖かった」最後に顔を見せたのは、縞《しま》三毛だ。

三兄弟はまだ元気だった。しかし、時間の問題だ。冬は越せない。間違いなく死ぬ。最後は空の器を舐めながら飢えをしのごうとするだろう。そういう野良猫を、これまで何度も見てきた。

関わるな、と自分に言い聞かせてねぐらへ戻る。今日も寒い。

あの三匹は温め合うだろうが、一匹、また一匹と冷たくなっていく様子が頭に浮かんだ。

乾いた空気を切る無慈悲な風の音が、一晩中耳障りだった。

翌日。よせばいいのに、俺は鬼婆のところへ向かった。あそこがいい餌場なのか、それともやはり危険な場所なのか確かめに行くなんて、タキシードに揶揄されても反論はできない。期待していたゴミ袋はなかった。その代わり、玄関先で鬼婆と男が立っていて、何やら言い争いをしている。

『何度言ったらわかるんだ。空き缶は収集日当日に出してくれ。何日も置きっぱなしになるだろう。迷惑なんだ』

『そんなに目くじら立てて、男のくせに心が狭いね』

『なんだと？　あんたがだらしないからだろう！』

人間ってのは諍《いさか》いが好きらしい。ぐずついた空は二人の怒号を吸って憂鬱な色をますます濃くしている。

やっぱりあのガキどもをここに呼ぶなんて、現実的じゃない。

『あんたな、近所でも嫌われてるって知ってるか？　み〜んな迷惑してるんだよ！』

『なんだって！』

『そりゃそうだろ。ゴミ出しのルールはいつまで経っても守らない。そのうちゴミ屋敷になるんじゃないかって、みんな心配してるんだよ。燃えるゴミもなんで庭に置くんだ！』

『自分とこの敷地内にちょっと置くくらいなんだい！　あー、嫌だ嫌だ。一人暮らしの年寄り虐《いじ》めて、どこが楽しいんだか』

『あっ、おい！　話はまだ終わって……、——クソッ』

鬼婆が家の中に入ると、男は悪態をついて帰っていった。

掃きだし窓のカーテンが少し開いていて、俺を誘っている。近づかないほうがいいとわかっていたが、好奇心がそちらへ向かわせた。外に捨ててある家具の上に乗ってそっと覗いてみると、散らかった部屋は薄暗い。鬼婆はコタツでテレビを見ていた。

婆ちゃんを思い出させるコタツ。入ったことはない。想い出が次々と溢《あふ》れてくる。

優しかった婆ちゃんとは大違いの鬼婆も、コタツは好きなのか。妙な感じだ。

しばらく見ていたが、いい加減こんなところからは退散しようとした瞬間、俺はあるものに気づいて目を見開いた。

なんだと？

かろうじて声に出さなかったが、驚きのあまり見つかる危険を顧みず身を乗り出して中を覗いてしまう。

テレビに映っていたのが、猫だったからだ。聞き耳を立て、漏れ聞こえる音を拾う。

間違いない。猫だ。猫特集だ。『にゃんにゃんにゃん』で二月二十二日は猫の日。猫の日に向けて今日から一ヶ月間、猫の特集をするらしい。

鬼婆は目を細めて笑っていた。薄暗い部屋の中。テレビの光が顔に当たって少々不気味だが、あれは猫を見て旨《うま》そうだと涎《よだれ》を垂らしている顔じゃねぇ。慈しみを感じさせる目だ。

猫柄の靴下。

やはり、猫好きなのか。

どうにか確かめられないかと考えていたが、さっきの爺《じじい》が戻ってきて空き缶のたくさん入った袋を庭に投げ込んでいった。ガシャンッ、と金物の音が耳をつんざく。

『空き缶は回収日当日に出せ！』

人間ってのは、なぜ静かにしていられないのか――。

とばっちりを喰らわないよう、すぐさま退散した。


「だから喰うつもりじゃねぇの？」

俺の話を聞いたオイルは、開口一番そう言った。『鬼婆・実は猫好き説』を鼻で嗤《わら》うとは、やはり生意気な小僧だ。だが、ふくめんも俺の説をまっこうから否定する。

「どう料理しようかってニヤニヤしてたんっすよ、きっと」

「そんな笑い方じゃなかったんだよ」

今日はめずらしく朝から太陽がご機嫌で、俺たちをじんわりと暖めてくれた。梅の蕾《つぼみ》は固く、木蓮《もくれん》もまだ深い眠りについたままだが、北風は俺たちをあざ笑うのに飽きたらしく姿を見せない。

ベンチしかない公園は人も少なく、静かでいい。俺たちは互いに距離を置き、他猫《たびょう》みたいな顔で躰《からだ》を温めていた。

「お前どう思う？」

さっきから俺たちの近くで話を聞いているのはタキシードだ。なんだかんだで、こいつも鬼婆や三兄弟が気になるらしい。素直じゃねぇが、俺は寛容な牡《おとこ》だ。仲間に入れてやる。

「じゃあなんで箒持って猫を追いかけ回すんだ？　その理由を突きとめないことには、なんとも言えんな」

「そ、そうっすよね！　さすがタキシードさん！」

ふくめんの瞳が輝いていた。こいつは素直すぎる。

それきり、誰もしゃべらなくなった。

太陽の光を浴びていると、ぽかぽかして眠くなる。目を閉じて、うつらうつらした。時折通りかかる人間の声に耳がピクリと反応する。

『あ、猫』

ガキの声が聞こえた。昼寝を邪魔するつもりかと思ったが、母親に寄り道をするなと言われ、声が遠ざかっていく。鳥の囀《さえず》り。目を開けた。あいつらも久々の陽気にご機嫌そうだ。もうちょっと下まで降りてきてくれれば、喰ってやるものを。

どのくらい経っただろうか。毛皮を十分に天日干しして気分もよくなった俺はゆっくりと立ち上がり、前脚を出して伸びをした。

「あ、ちぎれ耳さん。どこに行くんっすか？」

「ちょっとな」

行き先を告げなかったのは、またオイルにからかわれそうだからだ。

いつもより暖かい地面を踏みしめ、歩いていく。

鬼婆の家の前を通ると、誰かと玄関先で話をしていた。今度はどんなトラブルなのかと窺《うかが》っていると、今までとは様子が違う。普段は来る者をすべて追い払うといった勢いでダミ声を響かせているが、声に力はなく、顔色も悪い。

『具合どうですか？　一人でお困りのことは？』

民生委員と名乗った二人組は、慣れた様子で接していた。いつもは喧嘩腰《けんかごし》の婆も素直に話を聞いている。先日男が放り投げた空き缶の袋が、庭に置きっぱなしにされていた。

『ゴミ出しがね、覚えきれなくてね』

『最近は分別が細かいですからね。ゴミステーションってここからちょっと距離がありますし。ついでに空き缶の袋持っていきましょうか？』

『収集日じゃないと置いちゃいけないんだって。来週じゃないと駄目なんだよ』

『あー、そっか。困りましたね。誰か頼める人います？』

『いいよ、自分で出すから』

二人組が帰っていくと、鬼婆は家の中に入ろうとしたが俺に気づいてダミ声を響かせた。

『あっ、また来やがった！　あっちへ行け！』

シッシッ、と不快な音を発しながら、近づくなと威嚇する。俺は軽いステップで踵を返すと、道路を挟んだ家の塀に飛び乗った。

『こっちに来るんじゃないよ！　まったく、野良猫ってのはすぐに寄ってくる』

喰い物の入ったゴミ袋を長いこと放置してりゃ、そりゃ集まってくるだろう。俺たちはいつも腹を空かせている。

箒を持ってまた追いかけてくるかと思ったが、ゴホゴホと咳《せき》をしながら家に戻った。鬼も風邪をひくのか。驚きだ。

鬼婆がいないのを確認して、敷地の中へ入っていった。相変わらずカーテンが閉めきられていて、中は覗けない。シンと静まり返った家から、また咳《せ》き込む音が微かに聞こえてくる。ついでに喰い物を探したが、なかった。コンクリートの三和土《たたき》の染みに鼻を近づけると、うっすらと魚の匂いがする。

「チッ、しけてんなぁ」

みっともないとわかっているが、残り香を未練たらしく嗅いでしまう。

結局、鬼婆がなぜ猫柄の靴下を履いていたのか、なぜ猫のテレビ番組を見ていたのか、確かめることはできず、その場をあとにした。

ついでに三兄弟のいる空き地の横を通る。

空き地は殺風景で、旺盛な生命力を誇る雑草すら僅かな太陽の光をありがたがって、寡黙に春の訪れを待っていた。カーン、カーン、とどこからか金属音が響いてくる。

段ボール箱はまだあった。

そっと近づいていくと、一匹だけだった。前に見た時よりも元気がない。俺に気づくなりシャーッ、と威嚇したが、以前とは勢いが違う。

「おい、いつまでもこんなところにいたら死ぬぞ」

今はまだ段ボール箱も形を保っているが、雪でも降ればあっという間に潰れる。ちゃんとしたねぐらすら探していないなんて、ますますよくない。

見ると、他の二匹が身を寄せ合い、少し離れた物陰から俺を凝視していた。腹が減って喰い物でも探しに行ったのだろう。残した兄弟が俺に喰われるんじゃないかと思っているらしい。だが、怖くて近づくこともできないでいる。

「なんだよ、お前ら。おじさんはお前らなんか喰わねぇぞ」

返事はなかった。こちらをじっと見たまま動かない。まだ元気な二匹も毛艶は失われて毛羽立っていた。

俺が離れると、二匹は段ボール箱の中に入っていく。三匹なら寒さをある程度しのげるだろう。毛皮がボロボロになったあいつらがいつまでもつのか――。

命の灯火《ともしび》が消える。俺は運がよかった。鬼婆の出したゴミの中に喰い物があったから、命を繋ぐことができた。野良猫なんてこんなもんだ。運命の女神は気まぐれで命を助けたり奪ったりする。その強大な力の前に俺たちは無力だ。

妙に腹立たしくなり、俺は街路樹で思いきり爪を研いでやった。


それから、鬼婆と三兄弟の様子を見に行く日々が続いた。

自分でもなぜそう気にするのかわからない。『NNN』なんてふくめんたちが騒いでいるだけで、俺は斡旋なんて性に合わないのだ。人間どもは相変わらず好き勝手に自然を破壊し、気まぐれでペットを捨てる。いちいち気にしてたらキリがない。

それでも日に日に痩せていく三兄弟を見ていると、なんとも形容しがたい衝動が俺を突き上げ、脚を向かわせる。無駄とわかっていても、確認してしまう。

鬼婆も日を追うごとに具合を悪くしているようだった。

死がその周りをうろついているからなのか、弱っていく姿が三兄弟と重なる。憐《あわ》れみを抱いているのかもしれない。鬼婆も何も喰っていないのか、ゴミ袋も見かけなくなった。

いい餌場だった場所から、ゴミを漁って狩りの成功にはしゃぐオイルたちの声がぱったりと消えた。格好つけの若造も、そうそう幸運に恵まれるわけではないらしい。店に来ない日も増えた。みんな喰うために必死なのだ。

春はすぐそこだと思っても、期待を裏切るように寒波が顔を覗かせる。暴君らしい振舞いで俺たちをあざ笑いながら、そこまで近づいていた春を追い返す。

これほど草木が芽吹く春が待ち遠しいと感じたことはなかった。


「また物思いに耽《ふけ》ってるんですか?」

マスターに声をかけられ、久々の『コイーニャ』を心ゆくまで堪能していた俺はゆっくりと視線を上げた。自分が吐いた紫煙の向こうに、マスターのチョビ髭《ひげ》が見える。

水面を叩く雨のようなピアノが、店内を満たしていた。激しく、軽快で、けれども陽気なリズムとは裏腹に哀愁が微かに顔を覗かせている。

そこに別れの匂いを嗅ぎ取ってしまうのは、俺の心の作用によるものなのか、それともそれがこの曲の本性なのか――。

「情報屋さんがお見えでしたよ」

「そうか」

「もう一匹お連れ様がいて、さっきまでボックス席で話しておられました。斡旋先を探しておられるそうで」

そういえば、最近積極的に『NNN』の活動をしてる奴がいると言っていた。ふくめんたちと気が合いそうだ。俺は遠慮する。お節介を焼いて得られるものが、歳を重ねるごとに身に染みるからだ。己の無力さを感じる夜は少ないほうがいい。

「見つかりそうなのか？」

マスターは首を横に振った。そうか、とだけ言い、あとは沈黙という慣れ親しんだ友人と肩を並べて時間を過ごす。

またたびを吸い終えると、早々に店をあとにした。今日も風が冷たい。

ねぐらへ戻る途中、空き缶のぶつかる音が響いてきた。ガシャン、ガシャン、とうるさい。金属音は苦手だ。耳に突き刺さってくる。

先を急ごうとしたが、ゴホゴホッ、と聞こえて脚をとめた。人影が見える。鬼婆だ。亡霊のような足取りで、咳き込むたびに立ちどまっている。

俺はあとを追った。こんなに寒い夜は早いとこねぐらに戻って丸くなるに限る。わかっているのに、見えない力に引きつけられているように抗《あらが》えない。

鬼婆が家の中に入るのを確認して裏に回った。

なぜわざわざそんなことをするのか——自問するが、いつまでも見つからない答えを探し続けるほど思慮深いわけではない。

入り込めるところがないか探っていると、窓の隙間が少しだけ開いていた。爪で引っかける。鼻先を突っ込み、顔をねじ込んだ。入った。

家の中は静まり返っていたが、人の気配はある。ゴホゴホッ、と奥の部屋から聞こえてきて、警戒しながらも辺りを探索した。喰い物の匂いがする。

人間の住み処《か》に侵入するなんて、俺も大胆なもんだ。

匂いを辿《たど》ると、台の上の器に喰い物が置いてあった。魚だ。夕方によく漂ってくる匂いに似ている。危険がないか匂いを嗅ぎ、頂くことにする。

「旨《うめ》ぇじゃねぇか」

俺は夢中で顔を器に突っ込んだ。食べ残しなんかじゃない。たっぷり身のついた魚は、喰いきれないほどの量だ。人間は毎日こういうもんを喰っている。いい身分だ。

その時、ガシャンッ、と皿がひっくり返って中身が床に散らばった。しまった。がっつきすぎだ。

『……誰、だい』

鬼婆が駆けつけてくるかと思って窓から逃走を図ろうとしたが、足音は聞こえない。

微かに聞こえてきた声に、いつもの勢いはなかった。鬼婆は弱っている。

俺は逃げるのをやめ、床に散らばったそれらを腹いっぱい喰ってから家の中を見て回ることにした。鬼婆の気配はまだ奥だ。

「なんだこりゃ」

暗がりの中、外から覗いた時には見えなかった光景に唖然《あぜん》とするしかなかった。猫柄のもので溢れている。猫の置物やぬいぐるみ。写真。特に写真は多い。

やはりこの婆は猫好きだ。

じゃあ、どうして。

箒を振り上げて俺たちを追い払う鬼婆の姿が脳裏に浮かぶ。

意を決して奥に入っていくと、鬼婆は布団に潜り込んで苦しそうに息をしていた。俺の気配に気づいたのか、うっすらと目を開けて顔をこちらに向ける。

『どこから……っ、入って、きたんだい。人間に、近寄るんじゃないよ……っ』

怒鳴りつけるというには、あまりにも弱々しい声だった。うつろな目はしばらく俺を捉えていたが、それもゆっくりと閉じられる。

「寝ちまったか」

鬼婆もここまで弱れば怖くはない。

この部屋も猫の写真でいっぱいだった。一つ一つ見て回る。

見慣れない公園とそこにいる野良猫たちの姿だった。鬼婆が猫と一緒に写っているものもある。しかも、満面の笑みで幸せそうだ。

どうやら餌やりをしていたらしい。鬼婆が持っているのは、俺ですら人間に媚《こ》びを売っちまうペースト状のおやつだ。猫をよくわかっている人間は、大体こいつを持ってくる。じゃあどうして、今は野良猫を追い払うのだ。

「あんた……何があったんだよ」

俺は苦しそうな息使いで寝ている鬼婆の顔を覗き込んだ。

飼いたくても飼えないからか？　だから猫を自分から遠ざけるのか。いや、それならあそこまで俺たちを威嚇しなくてもいいだろう。

鬼婆の意図はもっと別のところにある。

『うう～ん、……誰、だい……？　そこに……いるのは……、はぁ……、……誰……』

切れ切れに息をする姿を見て、直感する——今晩が峠かもしれない。

死の匂いを、何度も嗅いできた。ガキだった頃はよくわからなかったが、今は感じる。消えゆく命を。力尽きる瞬間を。

『……三《さん》、四郎《しろう》？』

掠《かす》れた声に俺の耳はピクリと反応した。

俺を誰かと間違えているのか。

『三四郎、なのかい？　……三四郎』

何度も呼びながら手を出す。俺は鼻先を近づけた。染みとシワだらけの手は、どこか婆ちゃんの手に似ていた。箒で野良猫を追いかけてくる鬼婆と一緒にしたら悪いと思いながらも、重なる。これは、自分の意思ではどうしようもない。

『……ああ、三四郎』

俺に触れた瞬間、嬉しそうな声で言い、そして笑った。写真と同じ顔だ。

『三四郎だ、……ああ、三四郎が来てくれた……』

初めは警戒していた俺も、次第にそいつを忘れていた。

俺を撫でる手は、婆ちゃんのそれを思わせるほど優しい。熱でおかしくなったなんてレベルじゃない。染みついた撫でかた。何度も猫を撫でてきた人間の手だ。

猫が気持ちよくなる場所をちゃんと知っている。そうだ。そこも、そこも、そこも、全部撫でられて気持ちいい場所だ。

俺はもう一度、部屋の写真を見回した。茶トラのハチワレ柄の写真が一番多い。公園のベンチで。砂場で。誰かの膝の上で。

部屋に飾られた写真の大部分を占めるそいつが、俺と似ていることに気づいた。俺ほど牡前《おとこまえ》じゃないが、柄の入り方が酷似している。

鬼婆の胸の上に乗ってやると、嬉しそうに笑った。こんな顔もできるのか。箒を振りかざした時の顔とは全然違う。

『……三四郎、迎えに……来て、くれたのかい？』

鬼婆はすっかり俺を三四郎だと思い込んでいるようだった。目が潤んでいる。

三四郎。どんな猫だったのか。どんな関係だったのか。

『人間は……怖いからね。近づいちゃ……駄目、だよ。虐待目的で、連れてく奴も……いるからね』

「虐待？」

『……っふ、お前が連れていかれるなんて……、……う……っく、……ごめんよ』

涙ながらに訴えられ、胸の奥を何者かにギュッと摑《つか》まれる感覚に陥る。

ああ、ようやくわかった。

鬼婆がなぜ箒を持って野良猫を追いかけるのか。なぜ、鬼婆が放置するゴミ袋には、いつも旨いもんが入っているのか。

鬼婆にも、心通わせた猫がいた。俺と婆ちゃんのように。片目《かため》と奴を何年も捜し続けた飼い主のように。ともに一週間を生き抜いた嬢ちゃんとゆみちゃんのように。

多分、ゴミもわざと置いているのだろう。俺たちが漁りやすいように。もしかしたら、喰い残しは俺たちのためにわざわざ入れていたのかもしれない。

俺が喰った魚は、ほとんど身がついていたのだから。

その行動の裏に潜む切実な願いが、胸に響いてくる。

そうか。あんたのかわいがっていたあの茶トラは、悪い人間に連れていかれたのか。そして、おそらく殺された。

猫を虐待する人間がいるとは聞いたことがある。それを娯楽にしているのだと。

『ごめんよ。……人慣れさせたから……、あんたたちの……警戒心が、あたしのせいで……なくなったから』

ほろほろと零れる涙が、頰を伝って落ちる。

『野良が人慣れするもんじゃないって……わからなくて……』

ひっく、と嗚咽《おえつ》が漏れ始めた。

人間の大人も、子供のように泣きじゃくるんだな。

『苦しかった、だろう？　痛い思いを……しただろう？　怖かったね。……あたしのせいで、怖い思いを……したね。……っく、痛かっただろうに……』

俺は鬼婆の胸の上で、香箱を組んだ。顔を覗き込んだあと、目を閉じてゴロゴロと喉を鳴らす。

『お前が迎えに来てくれるなんて……思って、なかったよ。……あたしが死んでも、悲しむ人間はいないから……あんたの、ところに……連れてっておくれ』

優しかった婆ちゃんとは似ても似つかない鬼婆。鬼の形相で猫を追い払い、『シッシ』と不快な音を出す。しかし、蓋を開けて出てきたのは猫が好きな人間の素顔だ。

なぁ、婆ちゃん。

いとおしげに俺を『三四郎』と呼ぶ声に耳を傾けながら、記憶の中の婆ちゃんに語りかけていた。俺が喉を鳴らした相手は、婆ちゃんだけだった。そう決めていた。人間のためにそうするのは、最初で最後と思っていた。

だけどいいだろう?

悲運を辿った野良猫を想って涙を流すこの鬼婆にゴロゴロを聞かせたところで、婆ちゃんは文句は言わない。きっと許してくれる。むしろ、喜ぶだろう。

『ああ、三四郎……。あったかいねぇ』

俺を撫でていた手から力が抜けていった。

きっと三四郎は許してくれるさ。化けて出るならあんたのところじゃなく、虐待した奴のところに違いない。

俺たち野良猫は、いつも危険と隣り合わせだ。そんなことはわかっている。わかっていて、危険に飛び込む。喰うために、生きるために。だからあんたを恨みはしない。あんたに心を許したことを後悔したりなんかしない。

それが猫ってもんだ。

俺はまた人間を看取るのかと、嗤った。独りぼっちの人間の最期につき添うのは二度目だ。

切なさに心が締めつけられるが、それが俺の役割ならまっとうしてやるさ。

なぜ俺ばかり。

布団は暖かく、ぽかぽかして気分がよかった。このまま、逝っちまえ。俺がついててやるから、三四郎のいるところへ旅立てばいい。

『三四郎……』

つぶやかれた声は、これまでになく優しく俺の心に響いてきた。

今日も空は重く、どっしりと伸《の》しかかっていた。

寒々とした風景の中、俺たちはそれでも太陽の恩恵を期待して風景の一部と化している。公園のベンチは、時々日が差す数少ない貴重な場所だ。

「……そうだったのか」

鬼婆の秘密を最初に教えたのは、タキシードだった。ベンチで香箱を組んだ奴は唸《うな》るようにつぶやき、顔を洗い始める。

「人慣れすると悪い人間に連れていかれる可能性があるからだったのか」

「ああ。ふくめんたちも時々人間に餌貰ってるからな。忠告しねぇと」

「虐待目的の人間に捕まらないように、餌だけさりげなく置いて怖い人間を演じるなんて憎いことしやがるな」

タキシードは自分に言い聞かせるように「そうか、そうだったのか」と何度かつぶやくと、ペロリと大きな舌で鼻鏡を舐める。

「お前、まさか泣いてやがるのか？」

「馬鹿言うな」

声には、やはり力がなかった。肉球を舐め、指の間、爪の根元まで丹念に掃除している。鼻にシワを寄せて前歯で汚れをこそぎ取っている姿を見て、確信した。

隠してもわかる。やっぱりお前は泣いていた。鬼婆の想いに共感するのは、お前にも誰か心通わせた相手がいるからなのか。

その顎同様、曲がった性格を持った大きな顔の持ち主に問うが、答えが聞きたかったわけじゃない。聞かずとも、俺にはわかる。

薄雲に覆われた太陽を見上げ、もう少し頑張って出てきてくれないかと思うが、期待できそうになかった。野良猫たるもの、諦めが肝心だ。

「よっと」

餌でも探してくるかと、立ち上がって伸びをした。

「じゃあな。そろそろ行くよ」

「ああ」

「今夜は店に行くのか？」

「収穫があればな」

お互いの健闘を祈り、歩き出した。公園を出ると、肉球が触れるアスファルトの冷気が骨まで迫《せ》り上がってくる。早いとこ餌を見つけて昼寝を決め込みたいもんだ。

しばらくすると遠くから声が聞こえてきて、様子を見にそちらへ向かった。灰色の空に覆われた住宅街に響く、騒がしい人間の声。

『シッシ！　あっちへ行きな！　ここは野良猫の来るところじゃないよ！』

相変わらずのダミ声は鬼婆のものだった。元気すぎるほど元気で、箒を振り上げて野良猫を威嚇している。回復して再び俺たちを脅す姿は、以前にも増して凶暴だった。

何が死臭だ。

俺は少々恥ずかしくなった。この生命力。このパワー。鬼婆の背負う過去は決してすぐに忘れられるものじゃないだろう。それでも逞《たくま》しく野良猫のために怖い人間を演じ続けている。

近所で有名な嫌われ者は、俺たちの魅力に取り憑《つ》かれたおかしな人間だったってわけだ。

『おい、あんた。また燃えるゴミを置きっぱなしにしてるのか！』

『なんだい！　足腰が悪いんだ。男みたいに力がないんだから、ちょっとくらい大目に見てくれていいだろ』

『そうやって例外を許すとなし崩しになるんだよ！』

俺はふふん、と鼻を鳴らして歩き出し、そしてつぶやいた。「あんた、いつまで演じてるんだ？」

猫好きがいつまでも猫なしでいられないことは、経験上よくわかっている。

鬼婆の庭はいい餌場だが、長くは続かないだろう。他人の迷惑も考えてくれと、人間どもは口うるさい。静かにしていられない連中は、常に監視の目を怠らずルールを守らないと怒鳴り込んでいく。

俺たち野良猫にはありがたいってのに、あいつらは自分たちの都合しか考えないからな。

次に脚を向けたのは、三兄弟のところだ。ここでも俺は、自分の勘ってのが当てにならないことを目の当たりにさせられたのだった。

「……ったく、元気だな」

俺の視線の先には、よれよれの段ボール箱と三匹のガキの姿があった。

随分形は崩れてきたが、それでもまだ三兄弟のねぐらとして頑張っている。まるで老い先短い老人が力尽きるまで若い命を護《まも》ろうとしているかのように、その姿には矜持《きょうじ》すら感じた。まさか段ボール箱にそんな感情を抱くとは、俺も歳を取ったか。

「腹減った！」

「次はどこ行く？」

「カリカリが食べたいな」

三兄弟は、再び元気を取り戻して駆け回っていた。飯にありつけたのかもしれない。気まぐれな人間が喰い残した飯を見つけたのか、誰かが憐れに思って餌を与えたのか。

寒々しい光景の中で、奴らは希望であり、勇気だった。

「あっ、顔の大きいおじさんが来た！」

俺に気づいたサビ柄のガキが躰を横に向けて威嚇した。背中を丸め、尻尾を立て、少しでも大きく見せようとしている。

「こっちに来るな！」と白茶も躰を横にした。

「こっ、今度はっ、負けないぞ！」縞三毛もピョンピョンと跳ねながら、俺の攻撃に備えている。

シャーッ、と元気に俺を威嚇する三兄弟は、生命力を溢れさせていた。毛並みは悪くすっかりボロボロだが、野性味が増して逞しく見える。

このまま野良猫として生きていくのもいいが、運命の女神ってのは容赦ないからな。また気まぐれにこいつらの命を奪おうとするかもしれない。

俺は小さな暴君たちに、のっしのっしと近づいていった。ゆっくりとした歩きが逆に恐怖を煽《あお》ったらしく、勢いはしぼんでしまう。

「なっ、なんか用ですか？」

「おじちゃん。僕たち、美味しくないよ」

「……怖い」

俺の大きさにすっかり萎縮した三匹は、威嚇の体勢のまま固まったり躰をゴロンと横たえて服従のポーズを取ったり、イカ耳になったり、それぞれの反応を見せた。

そんなに怖がられると、さすがに傷つく。俺は優しい牡だ。性に合わないお節介をしてやろうってだけのに……。

俺はもう一歩近づくと恐怖に震えるガキどもに、こう言った。

「おい、お前ら。飼い猫になる気はねぇか?」

# 第三章

# 帰ってくるかな

いつまでも居座る寒波が、俺たちに最後の試練を与えようとしていた。

今日はここ最近で最も冷え込みが厳しい。肉球に伝わる冷気からそれがわかる。幸いにも昼過ぎに人間から弁当の唐揚げを失敬したおかげで、腹は満たされていた。このままねぐらへ戻るのもいいが、せっかくだ。一服して帰ることにする。

「ふぅ〜、寒《さみ》ぃな。こいつはたまらん」

CIGAR《シガー》 BAR《バー》『またたび』に着くと、店は閉まっていた。少し早すぎたか。だが、マスターは店の準備をしているに違いない。外は寒くて敵《かな》わない。邪魔にならないよう店の中で待たせてもらおうとドアを開ける。

「マスター」

声をかけたが、返事はなかった。だが、気配はする。キャビネットに眠るまたたびの熟成度でも見ているのだろう。俺は中に入っていった。薄暗い店内はBGMも流れておらず、何もかもが静かに眠っている。

マスターのずんぐりした背中が見えた。白地に黒のブチ。マスター、と声をかけようとして息を呑《の》む。エプロンの背中の隙間から太めの尻尾《しっぽ》が覗《のぞ》いていた。俺の気配を察したのだろう。振り返ったマスターは俺に気づくと目を見開いて硬直する。

ゴクリ。背中の毛が立つのが自分でもわかった。それほどの衝撃だ。

「ち、ちぎれ耳さんっ！」

「マスター、それは……っ」

「あの……ご覧に、なられました……よね？」

尻を隠すようにし、恐る恐る聞いてくる。その真の姿を見た今、俺はこの現実をどう解釈すればいいかわからなかった。

「ど、どういうことだ？」

俺の問いにマスターは観念したように俯《うつむ》く。

「はい。ご想像のとおりです」

「ご想像の……とおりって……」

顎が外れた。あんぐりと口を開けたアホ面のまま、マスターを凝視することしかできない。何か言おうとしたが上手《うま》く声にならず、鯉《こい》みたいにパクパクと口を動かすだけだ。

マスターの尻には、二本目の尻尾が生えていたのだから……。

天地がひっくり返るほどの衝撃に、常連たちは騒然とした様子でカウンター席に集まっていた。いつもはボックス席でしみじみまたたびを吸っているあんこ婆《ばあ》さんも、今日ばかりはオイルとふくめんの間を陣取っている。

「マスターが猫又だったなんてね、あたしゃ心臓が飛び出るかと思ったよ」言いながらシガーカッターで吸い口を作り、先端を炙《あぶ》ってまたたびを深い眠りから覚まさせる。

『ニャン・セカ』はゆっくりとあんこ婆さんを包んだ。

あの直後、常連どもが店にやってきて、マスターが猫又だった事実はあっさりと公のものとなった。

「尻尾は今までどうしてたんだ？」

俺は背中を伸ばしてカウンターの中を覗き込んだ。エプロンをしているとはいえ、隠し続けるのは簡単じゃないだろう。

「こうやって尻の穴を隠すように前にね、尻尾を持っていくんです。ぴったりと腹にくっつけたまんまにすると、案外わからないもんです」

なるほど。そうすりゃ尻尾の先はエプロンの下になる。

「器用なもんだね」

「今日は気分がよくて、つい尻尾を振り回していたところをちぎれ耳さんに」

「……すまん」

俺が早めに店に来ちまったせいかと思うと、申し訳なくて知らずイカ耳になると、むしろばれてよかったとマスターは言ってくれた。

「秘密を抱えるのに少々疲れていたのが正直なところです。私が猫又でも皆さんの態度は変わらないのですから、隠す必要などなかったのかもしれません」

マスター。あんた、なんて牡前《おとこまえ》なんだ。優しさに感謝する。

しかし、何がどう影響するかわからない。常連たちはこのまま黙っていようと強く約束した。その代わり店を臨時休業にしてもらい、質問攻めにしているわけだが。

好奇心旺盛な猫が揃《そろ》えば、こうなるのは火を見るより明らかだ。

「確かに、またたびの熟成には時間がかかる。普通の野良猫だとここまでの品は出せないよな」とタキシード。

余裕の表情だが、シガーマッチを何度擦っても火がつかない。動揺しているらしい。せっかくの『ラファエル・ニャンサレス』が先ほどから灰皿の上に置きっぱなしだ。

逆に若造二匹はこの事実をあっさりと受け入れちまったらしく、いつもの調子で盛り上がっている。

「やっぱりマスターは違うと思ってたんだよな。そんじょそこらの猫とは別だって」

「後出しジャンケンは駄目っすよ」

「何が後出しだよ。俺は事実を言ったまでだ」

「まったまた～」

二匹身を乗り出して、相変わらず仲がいい。格好つけの若造も、すぐに鼻鏡《びきょう》を紅潮させるふくめんがいると、いつもより少しテンションが上がる。

「だけど、あたしに内緒にするなんて随分と他猫行儀《たびょう》じゃないかい？　お仲間だろ？」

「いや、それが……」

マスター曰《いわ》く、あんこ婆さんは猫又とは限らないらしい。マスターは人間にも見えることから、同じとは言えないのだという。

「じゃあ、やっぱり幽霊っすか？」

「脚はあるよ」

あんこ婆さんは、ぷらんぷらんと後ろ脚を揺らしてみせた。全員の視線が集まる。その動きに狩猟本能を刺激されたふくめんが、思わず飛びかかろうとしてあんこ婆さんの猫パンチを喰《く》らった。

「痛っ！」

「レディの脚に気安く触るんじゃないよ」

しょぼんとするふくめんを見て、マスターは笑った。

「私も二本目の尻尾は人間には見えません。そこは同じなので、猫又になりかけたのは間違いないかと。その途中でお亡くなりになって、半分猫又で半分幽霊のような存在なのかもしれません」

「そうかい。いつか妖力が使えるようになったら、人間にでも化けて千香《ちか》ちゃんに会いに行こうと思ってたのに、残念だねぇ」

さして気落ちしていないという態度に、むしろ落胆の大きさを感じた。

今まで口にしたことのなかった本音。そんなふうに零《こぼ》されると、俺はまた胸がキュッと締めつけられて何も言えなくなる。どう声をかけていいかわからなくなるのだ。

「ですが、猫又でないならいずれ成仏できるかもしれません。そうすれば、毛皮を着替えてもとの飼い主のところへ行けますよ」

「なるほど、そうだね。千香ちゃんのところにまた行けるかもしれないね」

「はい。希望はあるかと」

あんこ婆さんの目が、生き生きと輝いた。まるで嬢ちゃんみたいで、見ているこっちが恥ずかしくなる。

「マスターが本物の猫又ってことは、妖力が使えるんっすか？」

「いえ、まったく。妖怪ではないので」

「人間を呪ったり悪さしたりってのもしねぇの？」

「考えたこともありません。正直言うと、自分が正真正銘猫又なのかもよくわからないです。二本目の尻尾があることと長生きなこと以外、ごく普通の猫ですから」

う〜む、と全員が考え込む。期待していたわけではないが、空を飛んで風をおこしたり雨雲を呼び寄せたり、スペクタクルな場面を想像したこともあったのだが。

「昔とは随分変わりました。野良猫はもっと自由でした。自然も多くて、今よりずっと野鳥もいましたから。そうそう。鶏もその辺を歩いてましたよ」

「鶏っていうとアレだろ？　頭に赤いヒラヒラが乗ってる奴《やつ》だろ？」

「はい、オイルさんがよく召し上がっている弁当のおかずです」

「か、唐揚げが庭を歩いてるんっすか？」

ふくめんがびっくりしてスツールから転げ落ちそうになる。

「馬鹿だね。あれは人間が料理したもんだよ。油で揚げるとあれになるのさ。ね、そうだろ？　マスター」

さすがあんこ婆さんは物知りだ。マスターは黙って頷《うなず》き、続けた。

「昔は庭先で鶏を飼っていた家も多かったんですよ。よく歩き回っていたものです」

「歩き回る？　飛ぶんじゃなくてか？」

ふくめんを差し置いて、今度はオイルが身を乗り出した。

「ええ、鶏は飛べませんから」

「飛べないんっすかっ？　鳥なのにっ⁉」

ガタン、と灰皿が鳴った。灰が少しだけカウンターに散らばっている。マスターはさっとそれを片づけ、新しい灰皿を出した。ふくめんが済まなそうな顔をしている。

「あたしゃ知ってたよ。よくテレビで見たもんさね」

鶏が飛べないというのは、俺も聞いたことがあった。都市伝説だと思っていたが、まさか本当だったとは。

しかも、奴は雀《すずめ》なんかとは比べものにならない大きさだ。そんなのが住宅地の庭先を歩いているなんて、俺たち野良猫にとってこれ以上ないご馳走《ちそう》だ。

「喰い放題だな。おっさんみてぇな鈍臭い猫でも軽々喰えるぜ？」

「お前だって」

「俺、鶏が飛べないなんて信じられないっす」

「最近は自宅で鶏を飼っている家なんてないですからね。信じられないのも仕方ありません。少し前までは学校で飼育されているところもありましたが」

全員の脳裏にその辺を歩いている鶏の姿が浮かんだはずだ。

じゅる。

涎《よだれ》が溢《あふ》れてきやがった。鳥はこの俺ですらなかなか捕まえられない。だが、鶏ならいつだって喰いたい時に喰えるのだ。羨ましい。今ほど狩りに苦労せずに済んだだろう。

「……パラダイスだな」

タキシードが低く唸《うな》るように言った。さっきから興味がないとばかりに寡黙を決め込んでいたが、やっぱり俺たちの話を夢中で聞いていたのだ。涎でまたたびの吸い口が湿っている。

タキシードだけじゃない。全員が口の周りを濡《ぬ》らしていることに気づき、一斉にまたたびを灰皿に置いて肉球の手入れを始めた。刺激された食欲を抑えるかのごとく、ベロ〜ン、ベロ〜ン、と。

マスターが笑っている。

「で、マスターはなんで猫又になったんだ？　きっかけとかあるんだろ？」

「おい、そうズケズケ聞くなよ」

若造はこれだから困る。

俺はオイルを制した。物事には順序ってもんがある。

「お気遣いありがとうございます、ちぎれ耳さん。でも平気です。お話ししましょう」

全員が注目する。店内は深い霧に覆われた森のようだ。その奥に何があるのかわからないが、踏み込まずにはいられない。

漂う紫煙がマスターの昔話に俺たちを誘《いざな》った。

マスターが初めて飼い主と言える青年と出会ったのは、今から八十年近くも前の話だ。

その頃の日本は今と随分違っており、鶏以外にも野良犬などの動物が身近な存在で、野鳥やネズミも豊富にいた。夏も今ほど暑くなく、過ごしやすかったという。

しかし、時折空がうるさく吠《ほ》えることがあり、誰もが上を見上げて険しい顔をした。それが空襲警報だと知ったのは、ずっとあとだ。

『おや、こんなところに……猫がいる。怪我《けが》をしているのかい？』

頭上から降ってきた声に、マスターは木の裏に隠れた。野良犬に噛《か》みつかれた後ろ脚が痛くて、それ以上動けない。

季節は鶯《うぐいす》がたどたどしい鳴き声を響かせる春先だったが、土が剝《む》き出しになった地面は日陰ということもあり、ひんやりとしていた。

『お前、お母さんはいないのかい？』

優しい声色に、マスターはジリジリと後ろに下がった。目を細めて覗き込んでくる学生帽を被《かぶ》った青年は野良犬よりずっと大きかったが、色白で怖くはなかった。

鳴き声をあげる力もなくじっとしていると、細い手が伸びてきて躰《からだ》を撫《な》でられる。

『こんなに痩せて……かわいそうに。おいで』

ふわりと躰が浮き、胸に抱かれる。随分と長いこと一匹でいたマスターは、躰が冷えきっていた。朝夕はまだ寒い時期だ。青年の懐の心地よさといったら……。

母親とは匂いも感触もまったく違ったが、数日ぶりに味わう安心にすっかり身を任せた。

青年が歩き始めると振り落とされないよう、胸にひしと爪を立てて摑《つか》まる。

『そんなに怖がらなくても大丈夫だよ。ほら、もう着いた』

彼が入っていったのは、この辺りでは大きな屋敷だった。

『ただいま帰りました』

『お帰りなさい、幸志郎《こうしろう》さん。あら、それなんです？』

いきなり顔を近づけられ、ぬくぬくとしていたマスターは思わずシャーッ、と威嚇してしまった。それを見て、青年がクスクスと笑う。

『そこに蹲《うずくま》っていたんです。すっかり弱ってしまって』

『幸志郎さんの動物好きには困りましたね。まさか、うちで面倒見るってわけじゃないでしょうね』

『猫一匹です。寝るところくらいあるでしょう。元気になればネズミを退治して恩返ししてくれますよ』

『まぁまぁ、いいご身分ですこと』

女はそれだけ言ってどこかへ行ってしまった。彼女を見送る青年の目はどこか寂しそうで、マスターは自分はこのままもとの場所へ戻されるのではないかと思った。けれども、マスターを抱く手には心なしかギュッと力が籠《こ》められている。

『今はみんなが腹を空かせてるから、イライラしているのだよ。お前のせいじゃないから、気にしなくていいのだからね。ほら、わたしの部屋へ行こう』

屋敷の奥に連れていかれ、布の上に下ろされた。青年と同じ匂いがする。

色白で物静かな彼の名を、中島《なかじま》幸志郎といった。

その頃は戦争という人間同士の大喧嘩《おおげんか》の真っ最中で、青年は親戚の家に身を寄せていた。文学青年で、いつも書物を読んでいるような人だった。

親戚の家は比較的裕福だったため喰うに困らなかったが、餌はいつも部屋でこっそり与えられた。なぜなのかマスターにはよくわからなかったが、彼の周りへの気遣いはひしひしと感じたという。

とりわけ伯母《おば》と呼ばれる人と食卓を挟んだ時の彼は、それが顕著だった。

『戦況はどうなんでしょう』

『日本が負けるわけがありません』

『そうですね』

『お兄様のような立派な軍人になれなくても、幸志郎さんは幸志郎さんなりにしっかり勉学に励んでください。それがお国のために働くことになるのですから』

二人の会話は弾まず、箸が茶碗《ちゃわん》に触れる音すらよく聞こえた。そんな時は居心地が悪くて、マスターはあまり食卓には近寄らなかった。

部屋に戻って一人と一匹になると、青年は自分の本音を漏らしたのだという。

『お国のために戦えないのは、肩身が狭くていけないね。でもね、わたしは人を殺《あや》めなくていいのは、ありがたいと思っているのだよ。……内緒だけどね』

しーっ、と指を唇に当てて秘密の話をする時の彼は、いつもより子供っぽく見えた。時折纏《まと》う張りつめた空気もなく、彼本来の姿だとわかる。

青年はいろんな話を聞かせてくれた。

母親が病気で早くに亡くなっていること。父親や兄、伯父《おじ》も軍人だということ。自分は躰が弱くて国のために戦えないこと。

『そうだ、本を読んであげよう。わたしが一番好きな話だ』

猫の独白で始まる話はどこが面白いのかさっぱりわからなかったが、青年の優しい声色を聞きながらその膝で丸くなる時間は、この上なく幸せだったという。

何度も何度も、同じ話を聞かされた。何度も聞きたいと思った。

しかし、穏やかな日々はある日突然に終わりを迎える。

青年が寝ている布団の上で丸くなっていたマスターは、夜遅い時間に激しく扉を叩《たた》く音で目覚めた。飛び起きた青年が玄関に急ぐのを見て、顔を洗いながら聞き耳を立てる。

おめでとうございます、と知らない男の声が聞こえた。伯母が泣き崩れるのも。

もう一度寝ようと、青年のぬくもりが残る布団に再び躰を横たえると、板張りの廊下を歩いてくる足音が近づいてきた。顔を上げ、布団から降りて青年の足に躰を擦《こす》りつける。

マスターのところに戻ってきた彼は、桃色の紙を見せながらこう言った。

『とうとうわたしにも赤紙が来たよ』

口許《くちもと》に笑みを浮かべていたが、どこか淋《さみ》しそうな青年の顔をマスターは今もよく覚えているという。


「なんだ、赤紙って？」

「戦争に行きなさいという命令書のようなものです」

「決闘って自分の意思でするもんじゃねぇのか」

ただの喧嘩とは、随分と違うようだ。俺たちも縄張り争いはするが、殺し合いに発展することはまずない。だが、人間はそうじゃない。とことん相手を追いつめ、自分が勝者だと宣言するまでやる。

やはり人間ってのは、理解できない生き物だ。

「あたしも聞いたことあるよ。戦争ってのは、みんなを不幸にするんだってね」

「マスターの飼い主だった人は戦争に行ったんっすか？」

マスターは小さく頷いた。

火をつけたばかりと思っていたまたたびが、いつの間にか半分ほどになっている。それほど話に聞き入ってしまっていた。

「少し風が出てきましたね」

店の外で暴れる北風に、マスターは外の様子を見に行った。ガタガタと鳴っているのは、風に煽《あお》られて外れかかった看板だったようだ。

戻ってくると、ぶるっ、と躰を震わせて再びカウンターの中に立つ。

「あの人が戦争に行った日のことは、今もはっきり覚えてます」

マスターの悲しそうな横顔が、俺たちをさらなる深い森へと誘った。

青年が招集される日。

マスターは屋敷の塀に香箱を組んで隣組の人々が集まるのを眺めていた。

『幸志郎さん。あなたもようやくお国のために尽くす時が来たのですね。どうか、しっかりお役目を果たすのですよ』

『はい。伯母さん』

集まった人たちは、口々に祝いの言葉を述べていた。お国のために、という声も多い。祝いのムードに包まれていたが、青年一人が違った。憂いを感じた。笑顔で『行ってきます』と言っているが、その心はぐずついた空よりも重く、今にも春が消えてしまいそうだった。

思い出すのは、前の晩のことだ。

『生きて帰ってくるからな』

マスターだけに伝えられた、青年の望み。

内緒だよ──以前からよく本音を教えてくれた。その言葉も、人前では口にしてはいけないのだとわかっていた。

生きて帰ってくるという思いを胸に、青年は戦争へ行くのだと……。

青年がいなくなっても、屋敷から追い出されることはなかった。くれぐれもこの子を頼むと伯母に頭を下げていたのを、マスターは見ていた。彼女はきちんと約束を守った。ネズミもよく獲《と》るようになってからは随分と優しくしてくれたが、それだけではなかったのだろう。彼女は青年の最期の言葉だと思っていたのかもしれない。

だが、マスターは違った。信じていた。

いつ帰ってくるのだろう。

毎日その帰りを待った。けれども静かな庭が蟬《せみ》の声で満たされ、入道雲が急に不機嫌な顔になって夕立を降らす夏が来ても、暑さが和らいで草むらの中で虫の音を聞くようになっても、帰ってこない。

今日は帰ってくるかな。

そんなふうに毎日を過ごすうちに、冬が訪れた。いつも屋敷の外で青年の帰りを待っていたマスターは、外にいることが増えた。お気に入りの場所は松の木の上だ。

帰ってくる時は、いつもそこから見下ろせる道の向こうから青年が姿を現すのだ。そして、マスターがいるのに気づくと、名前を呼びながら『ただいま』と手を振る。

毎日、青年の『ただいま』を聞くために、マスターは松の木に登った。

肉球が痛むくらいの寒さになっても、日課は変わらなかった。

帰ってくるかな。帰ってこない。

再び春が訪れて盛りが来て、マスターは恋に落ちた。三毛柄のかわいい牝《おんな》だった。だが、いい匂いを発する牝と出会っても、日課は欠かさない。

帰ってくるかな。帰ってこない。

そしてある日、青年の伯母が手紙らしきものを開いたあと泣き崩れるのを見た。周りの人間たちを包む空気が変わり、しばらくして戦争という喧嘩が終わったことを知る。

それでもマスターは待ち続けた。

帰ってくるかな。帰ってこない。

どのくらい時が過ぎただろうか。とうとうマスターは飼い猫の立場を手放すことになる。

『ねぇ、お前。いつもそこで幸志郎さんの帰りを待っているね。でも、もう帰ってこないんだよ。わたしは親戚のいる田舎へ行くから、お前もどこかへお行き』

青年と住んでいた屋敷は、ぱったりと人の出入りがなくなり、死んだようになった。庭に溢れる生命が、建物をより寂しげに見せる。

中に入れなくなったマスターは自分でねぐらを見つけ、そこで暮らし始めた。

隣組の人間の間ではチョビ髭《ひげ》の模様が入った猫は有名で、時々餌をくれる人もいた。自分でネズミも獲った。

そして、季節は移ろう。

いつしか屋敷はなくなっていて、よく登った松の木も伐採された。唸り声をあげながら車が走るようになり、開発という人間の世界征服が始まると、マスターはまた新しいねぐらを見つけてそこで暮らすようになる。

自分の尻尾が根元のところで二股に分かれて二本に増えていることに気づいた時は、すっかり世の中は変わっていた。

新幹線が開通し、高度経済成長と呼ばれる人間どもの繁栄は加速し、世の中は活気に満ちていく。だが、騒がしく、人々の動きも速くて、マスターは青年と暮らしていた頃がさらに懐かしくなった。随分遠くへ来たと感じた。

それでも、待った。

帰ってくるかな。帰ってこない。

そうして時が経《た》ち、新しい飼い主が現れる頃、マスターはようやく事実を受け入れられるようになる。

もう、帰ってこない。

青年と過ごした屋敷がどこにあったのかすら、わからなくなっていた。

「会いたいか？」

マスターが話し終えると、俺は思わず聞いていた。そして、軽々しく口にしてはいけなかったと思い直し、「いや、いいんだ」とつけ足す。

マスターは無言で首を横に振った。

「無事に戦争から戻っていたとしても、すっかり時間が経ちました。もう生きていないでしょう。望んだところで叶《かな》わない願いなら、抱えていないほうがいい」

あんこ婆さんが、根元まで吸ったまたたびを何かの儀式のように灰皿にそっと置いた。

「なんだい、素直じゃないね」

「本音ですよ。ただ、もう一度名前を呼んで欲しい気はします。本当に優しく語りかけてくるんです、私の名を口にして」

懐かしそうな顔をするマスターは、今までに見たどんな表情よりも穏やかだった。幸志郎という青年を今でも慕い続けているのが、よくわかる。

当時の名前はなんだったのか気になるが、あえて聞かなかった。常連の誰もが同じだった。マスターが青年につけてもらった名前は今も大事にしているだろう。

形見みたいなもんだ。

そんなものに気軽に触れられるわけがない。

猫又になるほど待った相手。ちくわをよくくれた婆ちゃんと重なる。

若造二匹も、黙ってまたたびを燻《くゆ》らせていた。


久し振りに嬢ちゃんに会いに来た俺は、猫一匹通れる掃きだし窓の隙間から漏れてくる暖かな空気を鼻鏡に感じていた。今日も寒い。それなのに、昼間は嬢ちゃんのために開けていることも少なくない。大事にされて何よりだ。

「マスターさんが猫又だったなんて、びっくり！」

「俺もだよ」

「きっとマスターさんは今も会いたいと思ってるのね。今は大好きなネズミのおもちゃを見ても、ちっとも元気にならない時みたいな気持ちだと思うの」

ゆみちゃんとの再会がなかなか叶わず、もどかしい思いをした嬢ちゃんだ。マスターの気持ちは手に取るようにわかるだろう。

この俺ですら、猫又になるまで待ち続けたマスターの想《おも》いに胸の奥が疼《うず》く。

「でも、おじちゃま。そんな大切な秘密、あたしに教えていいの？」

「常連ならいいんだと。飼い猫になっても嬢ちゃんは常連だからな」

俺の言葉に嬢ちゃんは目をキラキラさせてヒゲをピンと立てた。

「そうね、おじちゃま。あたし、常連だもの！」

おそらく二度と店に来ることはできないだろうが、今もまだ常連と言われて嬉《うれ》しいのだろう。掃きだめに降りた猫さながらに店で浮いていた嬢ちゃんの姿が、今もはっきりと脳裏に浮かぶ。

「ところで不自由はないか？」

「うん。今度またゆみちゃんが遊びにくるの。おじちゃまこそ、お外は寒くない？」

「俺は生粋の野良だからな。冬も平気だ。嬢ちゃんに教えたいい日向があっただろう。あいうところをいくつも持ってるし、餌場だってあちこちにある」

「そうね。おじちゃまは生粋の野良だものね！」

正直、冬場の寒さは堪《こた》えるが、嬢ちゃんの前では強いおじちゃまでいたかった。見栄《みえ》を張るなんて、俺もまだまだ青いってことか。

「ちぎれ耳さーん、ちゃあこちゃーん」

「あっ、ふくめんちゃん！」

ハチワレの若造が鼻鏡を紅潮させながら歩いてきた。相変わらず締まりのない奴だ。特に嬢ちゃんを前にすると野性味が薄れる。

「ちぎれ耳さんも来てたんっすか。ってことは、マスターの話は……」

「ああ。嬢ちゃんも常連だからな」

「そうっすよね。俺もちゃあこちゃんには教えていいと思って」

ふくめんは俺の隣に座ると、べろ〜ん、べろ〜ん、と顔を洗い始めた。

人間に何か貰《もら》ったな。

満足げに口の周りを舐《な》める様子から、それがわかる。この季節は公園に集まる人間もほとんどいなくなるってのに、物好きってのはいるもんだ。

「写真撮ってた人間からおやつ貰ったっす。お仕事だから撮らせてくれって言って、何枚も撮ってたっすよ」

「あっ、それきっと猫の写真家だわ。猫だけの本を作ってる人がいるのよ」

「猫だけの本っすか？」

「そう。かなちゃんが写真集を持ってるの。いろんな野良猫の写真を撮って本にしてるのよ。今流行《はや》ってるんだって。おじちゃまみたいなおっきな猫も写ってた」

嬢ちゃんを飼い始めて、かなちゃんはさらに猫好きが加速しているようだ。本物の猫が傍《そば》にいるってのに猫の写真集まで買うとは、重症化が激しい。

「じゃあ、俺も撮ってもらったら本に載るんっすか？」鼻鏡を紅潮させてふくめんが期待している。

「そいつがそうとは限らねぇだろ」

「えー、でも仕事っていったら他に思い当たらないっすよ」

「やめとけやめとけ。野良が人間に目ぇつけられていいことなんてなんにもねぇよ。誰彼構わず心を許してると、ろくなことになんねぇぞ」

嬢ちゃんに別れを告げ、俺は警戒心のない小僧を置いて敷地をあとにした。まったく、ふくめんの奴は猫懐こいだけじゃなく、人間にも愛嬌《あいきょう》を振りまきすぎだ。変な奴に捕まらなければいいが。

広い道路を渡って住宅街に入ると、公園の近くでマスターを見かける。こんなところで会うのはめずらしい。

「よぉ、マスター。どうかしたのか？」

「あ、ちぎれ耳さん。いえ……あの……、なんでも」

マスターは明らかに動揺しているようだった。らしくない態度だ。マスターにそんな顔をさせるものの正体は何かと目を遣《や》ると、若い男だった。公園でカメラを構えている。

あれか。ふくめんの言っていた仕事で猫の写真を撮っている人間は。

『なぁ、おいでおいで。ほら、美味《おい》しいおやつだよ』

男はおやつを差し出し、シャッターチャンスを狙っている。だが、理想のものが撮れないらしく、何度も手許を確認して『あ〜あ』と落胆していた。

あれじゃあ駄目だ。たとえ餌で釣っても、俺たちは人間の思うように行動しない。寝転んで欲しいなら、俺たちが寝転びたくなるのを待つしかないのだ。誘導しようなんて馬鹿な考えは捨てたほうがいい。時間の無駄だ。

「なんだ、マスター。マスターもおやつ欲しいのか？」

「あ、いえ。そういうわけでは」

ふくめんから聞いた話をすると、マスターは意外にも真剣に俺の話に耳を傾ける。

「あいつの言うとおり写真家なんだろうな」

「ええ、さっきからずっとああやっているので、間違いないかと」

「ずっと見てたのか？」

マスターは不意を突かれた顔をしたかと思うと、いきなり毛繕いを始めた。そんなに驚くこたぁねぇだろう。

「変な人間もいますから。写真家なのは間違いなさそうですし害はないようで。それじゃあ、私はこれで」

疑惑の種を残し、その場をあとにする。

マスターの動揺は店が始まる時間になっても治まっていなかった。俺がカウベルを鳴らしてもぼんやりとカウンターの中にいるだけで、客の来店に気づいていない。声をかけると慌てて取り繕ったが、注文した品と違うものを出したり灰皿を出し忘れていたり、あり得ないミスの連発だ。

誰の目にもおかしいのは確かで、オイルたちも不可解そうな顔をした。

「なぁ、マスターどうしたんだ？」

「今日は様子がおかしいっすよね？ ちぎれ耳さんの注文も間違えたし」

おそらく公園の男と関係しているだろうが、滅多なことは言えない。タキシードの奴が俺をじっと見ていた。そのデカい顔で俺に無言の圧をかけるな。

「ちぎれ耳。お前、何か知ってるな」

「知ってると言えるほどじゃない」

「なるほどね」

俺は店が終わる時間まで居座っていた。一見《いちげん》の客が席を立ち、常連たちも空気を察したのか、次々と帰っていく。最後にタキシードが「お前に任せたぞ」という視線を残していった。言われなくともわかっている。

「なぁ、マスター」

「はい」

常連たちの気遣いは、マスターも察していたのだろう。観念したように俺の前に立った。今日一日のプロとは言えない仕事ぶりを反省したからか、あっさりと白状する。

「似てるんです。あの人に」

「あの人って、戦争に行っちまった奴にか？」

マスターは黙って頷いた。返す言葉が見つからない。

カメラを構えた男は、細面でひょろひょろしていた。優しげな雰囲気でマスターの話に聞いた青年の印象と被る。

「だが……」

「ええ、そうです。あの人のはずがないんです」

自分に言い聞かせるような口調なのは、マスター自身がそのことを受け入れられないからに違いなかった。それほど似ているのだろう。

「マスターみたいに猫又……じゃなくて、人間ならなんだ。その……そういうのになって帰ってきたってことは？」

いいや、違う。人間はそんなものにはならない。けれども、生まれ変わりの可能性なら――。

その考えを口にすると、マスターはやんわりと否定した。

「そうだったとしても、私を覚えているとは思えません」

「ああ、そうだな。すまん。変なことを言っちまった」

マスターは気持ちに区切りをつけようとしているってのに、俺が焚《た》きつけてどうする。己の愚かさを反省するが、遅かったようだ。かろうじて抑えていただろうマスターの感情が溢れ出す。

「だけど驚きました。瓜二《うりふた》つで……一瞬、戦争から帰ってきたのかと思いました。声もそっくりだったから。そんなはずはないのに……生きてるはずがないのに……っ」

「マスター」

自虐的な笑みを漏らす姿を見るのは、初めてかもしれない。

俺だって婆ちゃんと同じ姿の人間が目の前に現れたら、心中穏やかでいられない。その帰りを待ち続けたマスターなら、なおさらだ。

「すみません、ちぎれ耳さん。常連の皆さんにも心配をおかけして。明日から恥ずかしくない仕事をしますので」

「気にするな。誰もマスターを責めない」

マスターは肉球を舐めた。シワの間に汚れでも溜《た》まっていたのか、前歯でこそぎながら長々と手入れを始める。そして不意に動きをとめ、誰かに思いを馳《は》せるような懐かしそうな目をした。だがそれも一瞬だけで。今度は忙《せわ》しなく顔を洗い始める。

耳の後ろまでやるとは、随分な念の入れようだ。ようやく落ち着いた頃には、毛並みは艶々になっている。

「いつまでも想い出に縛られるのは、よくないとわかってるんです。猫又なんかになったのは、自分の気持ちに区切りがつけられなかったからですし」

「そう簡単に割りきれるもんでもねぇだろう」

「お優しいんですね」

「馬鹿言うな」

今度は俺が肉球の手入れをする番だった。

マスター。あんた、見ているこっちが切ないぞ。


いつまでも想い出に縛られるのは、よくない。

マスターの言葉からは、飼い主だった彼への想いを必死で断ち切ろうという努力が感じられた。あり得ない可能性を期待するのは無駄だと、自分でもわかっている。

だったら姿を見せればいい。違うと確認できる。未練を残さずにいられる。

そうしないのは、終わらせたくないからだろう。

猫又になるほど待った時間は、気が遠くなるくらい長かったに違いない。飼い主だった青年に似た男を見て、揺れる気持ちもわかる。忘れがたい人間。

カメラを抱えたあの男が飼い主の生まれ変わりで、自分を覚えているなんて幻想を抱いたっていいじゃないか。今のマスターには、必要な幻想かもしれないじゃないか。この時期に気まぐれに力強さを見せる太陽のように、それはしばしの安らぎを与えてくれる。

少なくとも、姿は似ているのだ。実際に話し、動いているところを見ることはできる。偽りに浸るのを虚《むな》しいと言いきってしまうのは、あまりにも冷たい。

『おいで。こっちだよ』

その日、公園の近くを歩いていた俺は野良猫を集める人間の声に脚をとめた。

カメラを抱えた男が、またおやつを与えている。この季節は公園に来る人間が少なくて飢えている野良も多いからか、結構な数が集まっていた。相変わらず猫の扱いを心得ていないようで、シャッターを押したあと落胆の声をあげている。

あれで猫写真家なんて笑わせる。

呆《あき》れて立ち去ろうとした俺の目に、マスターの姿が飛び込んできた。道路を挟んだ家の門扉の前に座っている。これまでも何度か見かけた。不甲斐《ふがい》ない男を見守っているようだ。

マスターは決して公園には入らず、だが、いつも青年の姿が見える位置にいる。その目には、過ぎ去りし日に対する慈しみが浮かんでいた。

『あっ、お前。ちょっと退《ど》いて……ああ、また撮り損なった』

野良猫の中でも人懐っこい奴が、足に躰を擦りつけて甘えている。あれじゃあまともに写真なんか撮れない。呆れる。

だが、もっと呆れるのはマスターだ。会いに行かないと自分に誓いを立てているのだろうが、覗き見せずにはいられないのだ。

冷たいコンクリートに座る姿から伝わってくる、マスターの想い。

自分も撫でて欲しい。かつてそうしてもらったように、笑いかけて欲しい。膝に乗せて欲しい。そして、名前を呼んで欲しい。

「なんだ、また覗いてんのか？」

「――っ！」

マスターに声をかけようとしていた俺は、自分が口にするはずだった台詞《せりふ》にビクッとなった。背中の毛がツンと立つ。振り返ると、デカい顔があった。

「猫聞きの悪いことを言うな。覗いてなんかいねぇよ」

「お前じゃない。マスターだよ」

タキシードは嗤《わら》い、俺の横に座った。今のはわざとだ。俺の反応を楽しんでやがる。

ああ、そうだよ。覗いてた。マスターが心配で、最近は見回りついでに必ずここに立ち寄っている。俺も他猫のことは言えない。

「なんでマスターはあの男を観察してるんだ？」

飼い主だった青年に似ている話は、まだ誰にもしていなかった。マスターがおかしかったのは一日だけで、それ以降本人が言う『プロらしからぬ仕事』はしていない。吹っきれたとも思っちゃいないが、しばらく様子見といったところだ。

だが、日を追うごとにマスターの心は青年に向かっている。よくない。

俺はタキシードにことのすべてを話した。

「なるほどね。気持ちはわからんでもない。答えを知るのを先延ばしにしたいんだろう」

「だけどああやって遠くから見ているだけなんて、切なくてな。マスターのことを覚えてくれりゃいいが」

「まさか、お前まで生まれ変わりだと思ってるのか？」

指摘され、ぐうの音も出なかった。

生まれ変わりなんて信じちゃいない。だが、そんな俺ですらマスターの気持ちが報われて欲しいと思うあまり、願ってしまうのだ。マスターの名前を呼びながら再会を喜ぶあの男の姿を想像してしまう。

その結果が今の発言だ。

「勢いってやつだよ」

「お前まで引き摺《ず》られるな。他人のそら似だ。早いとこはっきりさせたほうがいい」

猫相《びょうそう》の悪いこいつに言われると、現実というものを直視させられる。

「わかってる」

「いいや、わかってねぇな。お前、あの男が仕事を終えてここに来なくなったら、どうなると思う？」

「どうって……」

生まれ変わりなのか、二度と確かめられなくなる。あやふやなまま、真相は永遠に闇の中ってわけだ。

もしかしたら、確かめておけばよかったと後悔するかもしれない。想いってのは募るものだ。今は堪《こら》えられても、時間が経つとどうなるかわからない。

「はっきりさせたほうがいい」

「そうだな。マスターにそう言っとくよ」

俺は今夜にでも店に行こうと決めた。そして、忠告するのだ。未練を断ち切るためにも、確かめろと。顔を見せ、直接触れ合って、生まれ変わりじゃないと思い知ることが今のマスターには必要だ。

「マスターが落ち込んだら、限定品でも吸いまくってとことんつき合ってやればいい」

「デカい顔していいこと言うな」

「たっぷり支払い用意しておけよ、ちぎれ耳の旦那」

曲がった顎のこいつに言われると、挑発的に聞こえる。「当然だ」と返し、ふん、と鼻を鳴らして立ち去った。そして、酔い潰れるマスターを想像する。

「その時は介抱してやるよ、マスター」

いつも礼儀正しく俺たちを迎えてくれる牡に、そうつぶやいた。

だが、事態はあらぬ方向へと転がっていく。

この時の俺には、想像すらできなかった。


「たっ、大変っすよ！」

カウベルの音とともに店に飛び込んできたのは、ふくめんだった。こいつはいつも事件を運んでくる。

またたびの煙で霧が立ち籠《こ》めたようになっていた店内は、冷たい風に現実へと戻された。一見の客が、ふくめんを一瞥《いちべつ》する。切り出すタイミングを計っている時だっただけに、俺は恨めしく思いながら吸いかけの『ネコ・パンチ』を灰皿に置いた。

苦みと甘みが共存するバランスのいいそれは俺をいい具合に酔わせていたが、仕切り直しが必要だ。

「なんだい。騒がしいね」

あんこ婆さんも、せっかくの雰囲気を蹴散らされて不機嫌そうに吐き捨てる。白い目を向けられたふくめんは一瞬たじろぎ、だが、話を聞けば納得するとばかりに続けた。

「写真撮ってる男！　あいつ、虐待目的で俺らにおやつ配ってたみたいっす！」

マスターの耳がピクリと反応するのが見えた。

何を言い出すんだ。俺は慌てた。

ふくめんに非はない。非はないが、タイミングは最悪だ。知らないとはいえ、マスターのもと飼い主に似ている男を悪人呼ばわりするなんて。

「おい、いい加減なことを……」

「いい加減じゃないっすよ！　車に乗せられたって奴がいて、そいつ命からがら逃げてきたって聞いたんっす」

「ふくめん、やめろ」

「でもっ、危険ならみんなに知らせないと」

「ちゃあこの奴も言ってたぜ？」

「――っ！」

店に入ってきたのは、オイルだった。自分は悠々とやってきて、決め台詞を放つようなスマートさが今は鼻についた。

「なんで嬢ちゃんがそんなことを言うんだ」

「飼い主情報だよ。あの若い男、あっちの住宅街でも野良猫相手に妙なことをしようとしてたらしいぜ？　ちゃあこの飼い主が怪しんで、近所の猫好きたちと警察に通報したんだと。死体は出てないから相手にされなくて、誰かに調査を頼むってさ」

マスターを盗み見ると、耳が完全にこちらへ向いている。しかも、尻尾をブンブン振り回しているものだから、エプロンからはみ出て二本目の先がここからでも見えた。カウンター席は常連ばかりとはいえ、店内にこれだけ猫がいるってのに我を失いすぎだ。

「見た目は優しそうだったけどな。やっぱ人間ってわかんねぇな」

オイルがいつもの席に座った。マスターの様子に気づかず、さらに続ける。

「なんかおかしいと思ったんだよな。写真は隠れ簑《みの》だったんだよ。頻繁に猫を物色しても怪しまれない。悪知恵の働く……」

「──そんなはずはありませんっ！」

怒気の籠もった声が、オイルを遮った。店内がシン、と静まり返る。哀愁のトランペットがマスターを慰めるように、店内をぬらりと舐めた。

「ど、どうしたんっすか、マスター」

その剣幕に、ふくめんが驚いている。尻尾の毛が立ってタヌキみたいだ。

「詳しく話を聞かせていただけませんか、ふくめんさん」

「え、えっと……」

マスターのすごみと言ったらなかった。これまで客に対してこんな態度を取ったことがあっただろうか。ふくめんでなくとも面喰《めんく》らう。

「この前、車に乗せられたって……野良がいて……」

話によると、捕まったそいつは車でここから少し離れた場所に連れていかれたあと、網のようなものでグルグル巻きにされたという。なんとか脱出してここまで戻ってきたが、半ばパニックになって暴れたせいで、口を切って肉球も傷ついた。

「でも、それ以外何もされなかったんでしょう？」

「それ以外？」

オイルが不機嫌そうに聞き返した。

「怪我してるんだぜ？　その程度のことでみたいな言い方すんなよ」

「そういうつもりはありません。ただ、暴れなければ流血はしなかったんじゃないかと」

「暴れたほうが悪いってのか？」

「人間の本当の目的を知りたいだけです」

マスターの表情も険しくなる。

「おい、それよりなんでマスターがそんなに怒るんだよ。野良猫を虐待する人間がいるのは本当だろ？　おっさんがガキ三匹斡旋《あっせん》したあの鬼婆《おにばばあ》も、世話してた野良が殺されたからあんな奇行に走ったんだったよな？」

「そういやそうだったねぇ。よく見破ったもんだよ、ちぎれの小僧。あっさり三匹斡旋した時は驚いたもんさね」

あんこ婆さんは、猫又が妖力でも使っているかのように紫煙を吐いてこう続けた。

「写真家を名乗る男も、それが目的かもしれないねぇ」

「そんなことをする人だと思えません」

「なんだよ、マスターらしくないぜ？　もしかして知り合いか？」

「いえ」

反省したのか、マスターは少しイカ耳になった。激しかった尻尾の動きもとまっている。

「申し訳ありません。お客様に対して失礼でした。あの人に瓜二つなもんですから、感情的になってしまいました」

「あの人って、戦争に行っちまった飼い主のことかい？」

頷いたマスターに、オイルとふくめんが息を呑む。

「虐待目的ではないと私が証明してみせます。誤解だと思いますので」

「危険っすよ」

「そうだよ。ちゃあこの飼い主が誰かに調査を頼んでるんだ。待ってりゃいずれ答えは出るんだから、マスターがわざわざ危険に飛び込む必要はねぇよ」

「いえ。私が彼の無実を証明したいんです」

きっぱりとした言い方に、さすがのオイルも口籠《くちご》もる。

それきり、誰もこの話題に触れなかった。触れられる雰囲気ではなかった。

マスターの思いつめたような目は、星の出ていない夜空に雲の間から覗く独りぼっちの満月のようだ。


「こりゃ完全に混同してやがるな」

「だから言わんこっちゃないんだ。お前がマスターに引き摺られずに忠告してりゃ、こんなことにはならなかったんじゃないのか?」

「俺のせいってのか? ……いや、俺のせいだな」

店を出た俺はタキシードとともにねぐらへの道すがら、話をしていた。塀の上を歩き、殺風景な庭を通り抜け、ついでに庭木で爪を研いだ。

夜の冷え込みは厳しく、いい具合に酔った俺たちを現実へと戻す。

道路を渡っていると、冷えた空気が遠くで鳴るサイレンを運んできた。月光ではない灯《あか》りが皓々《こうこう》と差す場所から犬公の小便の匂いが漂ってくる。

道路のほうからハッ、ハッ、と荒っぽい息使いが聞こえてきて、柵の間から躰を滑り込ませて植え込みに隠れた。犬公かと思ったが、人間だった。餌を獲るでもなく、喧嘩の相手を追いかけるでもなく、ただ黙々と走っているのを何度か見たことがある。楽しそうかというと、そうでもなかった。

こんな夜中に白い息を吐いて回るなんて、あいつらのやることは理解できない。

「ま。でも結果的によかったんじゃないか？　危険は伴うが、マスターが現実を直視するいい機会だ。そうだろう？」

「まぁ、そうだが」

「なんだ、まだ何か文句がある顔だな」

文句はない。タキシードの言うとおりだ。あの男が飼い主だった青年の生まれ変わりだという可能性を期待するのは、よくない。期待が大きいほど、落胆する。

だが、感情はそう簡単に納得しない。

「お前は冷たいな」

「大人だってことだ」

「マスターが連れてかれないよう、注意してやるか」

「相変わらずお節介だな、ちぎれ耳の旦那は」

こいつが俺を『ちぎれ耳の旦那』と言う時は、揶揄《やゆ》が混じっている。お前の言うとおりだ。それは認める。だが、俺だけじゃないだろう。

お前こそ、と返すが、タキシードは相変わらずクールな横顔を崩さなかった。

寒々とした公園に男が再び現れたのは、太陽が薄雲に覆われてぼんやりとした光しか放たない日の午後だった。

俺はツツジの陰から男を監視していた。今日も野良猫たちを集めようとしている。しきりに写真を撮っているが、いつもの調子で落胆の声ばかりあげていた。

『おいでおいで』

「マスターはまだ来てないようだな」

「——っ！　いきなり驚かすなよ」

「お前が勝手に驚いたんだろう」

タキシードが俺の隣に蹲る。いつでも動き出せるように、香箱は組まない。

やっぱりこいつもお節介だ。

俺たちが監視していると、今度は若造二匹が姿を現した。ふくめんだけならまだしも、オイルまでこの寒い中現れるなんてマスターの猫望《びょうぼう》ってとこだろうか。

俺の視線が何か言いたげに見えたのか、オイルはタキシードの隣を陣取ると男のほうを見たまま吐き捨てる。

「別にいいだろ。マスターがいなくなったら旨《うま》いまたたびが吸えなくなるんだから」

「何も言ってないだろうが」

「目が言ってたぜ?」

「どんな調子だい?」

あんこ婆さんまでやってきて、仲間に入った。ツツジの下は猫でギュウギュウだ。もう少しつめろだのあっちへ行けだの、誰も引かない。他にもツツジはたくさん植えられているが、ここが一番の特等席だ。距離があって相手からは見えないし、こちらからはよく見える。

「お前ら少しは遠慮しろ。最初にここを陣取ったのは俺だ」

「ケチ臭ぇこと言うなよ。ほら、マスターが来たぜ」

オイルの声に目をやると、男に向かって歩いていく姿が見えた。男もマスターの存在に気づいてゆっくりと立ち上がる。

『あ、チョビ髭』

慎重に、だが明らかにマスターを呼び寄せようとしている。

「マスターを知ってるみたいっすよ」

「本当に生まれ変わりなのか⁉」

「何馬鹿なこと言ってんのさ。そんなことあるわけないだろ？」

「だって今、チョビ髭って言ったぜ？　な、おっさん」

確かに言った。知った猫みたいに『チョビ髭』と。しかし、ただ見た目でそう呼んだだけかもしれない。けれども、俺の考えを否定するように男はさらにこう続けた。『チョビさん、こっちおいで』

ツツジの下に隠れている全員が、固唾《かたず》を呑んで見守った。

「チョビって……マスターの名前っすよね？」

「い、今はな。だが昔は違う名前で呼ばれてたはずだ。あ、いや……俺が勝手に決めつけていただけで、そうとは限らないか」

俺の心臓はバクバクと音を立てていた。

マスターがどんな顔をしているのかは、ここからじゃわからない。けれども、警戒を解いて近づいていくってことは、かつての名前で呼ばれた可能性はある。

まさか、本当にそんなことが。

『チョビさん。チョビさ〜ん』

マスターは差し出されたペースト状のおやつに、鼻先を近づける。やはり、マスターの飼い主の生まれ変わりなのか。しかし、そう思った瞬間、男は上着のポケットから白い布のようなものを取り出した。

「あっ、あれは……っ」

「どうした、あんこ婆さん」

「あれは洗濯ネットだよ！」

洗濯ネット。

その恐ろしさを知らないのかとばかりに、あんこ婆さんはヒゲをピンと立てて訴えた。

「あれはいけないよ！　捕獲する道具だ。マスターが危険だよ！」

あまりの剣幕に、迫るあんこ婆さんの顔を凝視していた。ピンクの鼻が紅潮するところはふくめんと同じなんだな……、と悠長なことを考えてしまう。

「何ぼけっとしてんだい！　病院に連れていかれる時に入れられたんだよ。身動きが取れなくなる。キャリーケースよりずっと小さくなるから、不意をつかれるのさ」

「ヤバイ、捕まったぜ！」

オイルの声にようやく我に返った。洗濯ネットに入れられたマスターが車に運び込まれているところだ。何がチョビさんだ。やっぱり見た目から呼んだだけじゃねぇか。

「野郎ども、追いかけるんだよ！」

反射的に車を追った。住宅街の中を走るそれはスピードこそ出ていないが、このまま遠くに走り去られたら見失う。

俺は不思議だった。マスターは逃げようとしなかった。ああも簡単に袋に入れられるほど非力じゃない。引っ掻《か》くことも噛むこともできる。

そんなに信じたいのか――。

幸いにも車は住宅街から少し離れた溜《た》め池の前で停《と》まった。金網が張り巡らされ、中は濁った水が溜まっている。車から出てきた男は何か言いながらマスターを抱えて金網をよじ登って中に入った。

「おい、まさか……っ」

「マスターが放り込まれるっす！」

ドボンと音がした。放り込む寸前に袋からは出されていたが、このクソ寒い中あんなことをされたらたまったもんじゃない。マスターは岸に辿《たど》り着こうと猫掻《ねこか》きをしていて、男はそれを写真に収めていた。なんて奴だ。

娯楽のためか。溺れかけるマスターの姿がそんなに面白いか。

怒りで我を忘れそうだった。俺が猫又なら、祟《たた》ってやる。

だが、次の瞬間。

『おい、お前！　何やってんだっ！』

人間の声がしたかと思うと、ガシャン、と音がして突然現れた男が金網を乗り越えて中に入った。駆け寄りながら上着を脱いで袖の端を掴むと、マスターのほうに投げる。だが、届かない。もう一度。今度は届いた。

その動きには無駄がない。

男は上着にしがみつくマスターを岸までたぐり寄せた。水から上がったマスターは全身ずぶ濡れで、ガタガタ震えている様子が俺たちのところからもわかる。

『貴様、何やってんだ！　虐待は犯罪だぞ！』

『ち、ちが……っ、そんなつもりは……っ』

『何がそんなつもりはだ！　ふざけるな！』

カメラの男を一発殴ると、救世主はマスターを上着でくるんで抱きかかえた。

『いいか、そこにいろよ。逃げたらこの高そうなカメラを水の中に落とすからな』

『そ、それだけは……ッ』

救世主は近くに停めてあった車のドアを開けた。工事中の家の前でよく見るのと同じだが、その服装は道路に穴を掘っている連中とは違う。中は広く、色々な道具が入っていた。

猫用の餌やおやつ。猫用ミルクらしきものも見える。

『よーしよしよし、大丈夫か？　今拭いてやるからな』

どうやら悪い人間ではなさそうだ。濡れたマスターをゴシゴシと拭いてやっている。

「あの男は誰だい？」

「わかんないっすけど、なんかいっぱい美味しそうなもん持ってるっす」

救世主は髪がボサボサで、俺たち野良猫よりずっと手入れを怠っていそうな姿だった。そうだ。見たことがある。

「なぁ、あいつ」

「ああ、嬢ちゃんを捜してたペット探偵だ」

完全に思い出した。間違いない。嬢ちゃんの写真が入ったチラシを配って歩いていた男だ。目と鼻の先にいたのに近所の人間に怪しまれて退散するなんてドジも踏んだが、チラシがきっかけで嬢ちゃんとゆみちゃんは再会した。

「ちゃあこの飼い主が調査を依頼した相手ってあれかよ」

「みたいだな」

ペット探偵に頼むなんて気が利く。自分の猫だけじゃなく、野良猫たちも気にかけてくれるなんて、嬢ちゃんはいい人に貰われた。

『う～、寒《さみ》ぃ。俺まで濡れちまった。だけどお前、よく死ななかったな』

カメラの男が近づいていくと、ペット探偵は非難めいた視線で吐き捨てる。

『どういうことか説明しろ。話によっちゃ、警察に突き出すぞ』

『仕事で』

『仕事ぉ？』

『ぼ、僕は……フリーのカメラマンなんです。仕事が欲しくて』

俺たちは草むらの陰で聞き耳を立てた。

『実は最近の猫ブームに乗って、仕事を貰ってる版元から提案があって……』

猫ブーム。嫌いな言葉だ。人間がこぞって何かをもてはやす時ってのは、ろくなことにならない。

話によると、カメラの男は持ち込んだ写真を買い取ってもらって生活している。そんな矢先に、チャンスが飛び込んできたという。

野良猫の写真集を出すというものだ。

「SNSってなんだ？　バズるって？」

「俺に聞くな」

あんこ婆さんの知識をもってしてもすべてはわからなかったが、話を集約すると大体こうだ。

男に舞い込んできたのは、猫がドジを踏んだシーンを集めて一冊の写真集にするという企画だ。まったく、人間ってのは金儲《かねもう》けのためならなんでも考えやがる。

『それで……どんなに張りついてもそんな写真撮れなくて』

『だから自分で演出したのか？』

『最低だってわかってます。でも、このままだと企画は頓挫してしまいます。そうなったら、二度とあの版元からの依頼は期待できない。そもそも僕は猫より犬が好きなんです。

ない。

マスターをあんな目に遭わせた上に俺らより犬公のほうが好きだなんて、聞き捨てならない。

猫の写真なんて……っ！』

「猫のほうが魅力的っすよ」

「わかってねぇな」

「何が犬のほうだい。どこまでも腹の立つ奴だね」

「そんなに犬がいいなら、犬で金儲けしろ」

タキシードまで一緒になって文句を言っている。探偵も呆れているらしい。

『この寒い中、水に落ちた猫が必死で泳いでるってクソ設定をよく思いついたな。そもそも猫好きはそんな写真見ても喜ばねぇぞ』

毛繕いはなってないが、いいことを言う。嬢ちゃんの捜索ではツメが甘いところがあったが、悪い奴ではないらしい。

『もうやめます。こんなことまでして……どうかしてました。いい写真を撮ることより、仕事をどうやって貰うかってことばかり考えて』

『免許証貸せ。写真撮らせてもらうから。それから名刺あるだろ。置いてけ』

『あ、あの……っ』

『今回は見逃してやる。あんたの身元は押さえとくから二度とこんな真似《まね》するなよ。それになな、猫の祟りは怖ぇぞ。呪い殺されても知らねぇからな』

探偵はたっぷり脅すと、マスターを捕獲した場所を聞いてから男を解放した。

俺たちが公園に辿り着いたのとほぼ同時に、マスターを乗せた車も到着した。植え込みの陰に隠れて待つ。

探偵が降りてきて、車からキャリーケースを降ろした。マスターは中だ。「アーオ、アーオ」と不安そうな声を響かせている。

『わかったわかった。今出してやるって。ほら』

扉が開くと、マスターが恐る恐る出てきた。腰が引けている。

『大変な目に遭ったな。喰うか？　あっ、――おいっ！』

おやつを差し出されたが、マスターは俺たちの存在に気づいてこちらへ走ってきた。毛が半乾きで寒そうだ。

「大丈夫だったか？」

「み、皆さん。おられたんですか」

マスターは全員と鼻の挨拶をしたあと、毛繕いで心を落ち着かせている。

「溜め池まで追ったんだぞ。だから言わんこっちゃない」

「愚かでした。似ているからと言って、不用意に人間に近づいて……昔の名前で呼ばれなかった時点で、未練を断ち切るべきでした」

その落ち込みようといったらなかった。気持ちはわかる。俺も婆ちゃんと似た人間にあんなことをされたら、毛だけじゃなく心も水を浴びたみたいになるだろう。

「そんな顔するんじゃないよ。油断しちまうほど前の飼い主を想ってたって証拠さね」

「そうっすよ、マスターは悪くないっす」

「悪いのは人間だろ？　俺みてぇに上手く立ち回れなかっただけでさ」

「何が『俺みてぇに』だ。生意気な小僧だな。マスターは情に厚いってことだろう」

口々にマスターを慰めていると、土を踏みしめる音が近づいてきた。一斉に警戒心を剥き出しにしてそちらを見る。

『お～い、お前大丈夫か～？』

探偵が顔を地面に擦りつけんばかりに姿勢を低くして、俺たちを覗き込んでいた。

『お、いるいる。ここは猫が多いな』

シャーッ、とあんこ婆さんが威嚇した。マスターの命の恩人に対してそりゃねぇだろうが、どうせ人間には見えない。しかし、つられてふくめんもイカ耳で脅す。

『怒るなハチワレ。俺はお友達を助けたんだぞ。ほら、おやつやるから出てこい』

「お、おやつっすか？」

ジャーキーらしいものを差し出され、ふくめんはフラフラ出ていった。相変わらず駄目な奴だ。それを見たあんこ婆さんが「あたしゃ帰るよ」と言い残して立ち去る。俺も続こうとしたが、何やらチキンのいい匂いが漂ってきた。

いかん、ペースト状のおやつだ。

俺は踵《きびす》を返した。

人間には媚《こ》びねぇと決めているが、これだけは無視できない。タキシードも同じらしく、俺と競うように探偵のところへ向かった。オイルなどはすでに足に擦り寄っている。

『お、ふてぶてしい顔をしてるのがいるな。お前、どっちかがボスだろ？』

「早く早く！　早く食べたいっす！」

「おい、もったいぶるなよ」

『わ〜ったって、そう焦るな。やるよやるよ』

ふくめんとオイルがあんまり催促するものだから、探偵は次々とパウチを開けた。なかなか思いきりがいい。

俺たちは贅沢《ぜいたく》にも、一本ずつおやつを貰った。

探偵は俺たちの無様な姿を楽しそうに眺めたあと、再び地面に顔を擦りつけるようにしてツツジの奥を覗き込む。

『お前も出てこ〜い。ひどい目に遭ったんだから、旨いもんでも喰え。ほら』

マスターがそろそろと出てきた。探偵は手を伸ばしてマスターを触ろうとしたが、警戒されたためすぐに手を引っ込める。

嫌がることはしない。猫との接触の基本を心得ているところは認めてやる。

俺は染み出してくるチキンのペーストを堪能しながら、差し出されたおやつの匂いを嗅ぐマスターを横目で見ていた。鼻鏡に少しつけられてペロリと舐めている。

食欲に火がついたようだ。警戒が解けたのがわかる。

『お、やっと喰ってくれたな。旨いか？　そうかそうか』

探偵は地べたに座り、ポケットから飲み物を出すと自分もくつろぎ始めた。ふくめんがおやつを平らげたのを見て、別のおやつを出す。

俺にもあんなポケットがあれば飢えずに済むんだが。

『報告書どうすっかなぁ。添付すんのは名刺だけでいっか』

お母さーん、と子供の声が聞こえた。母子《おやこ》が公園の前の道路を歩いている。中に入ってくるかと思ったが、さすがにこの寒さの中で遊ぶ気にはならないらしい。出入り口を素通りして住宅街へ消えていく。

『まだ少し濡れてるなぁ。太陽がもう少し出てくれりゃいいんだが』

「あなたが助けてくれたから大丈夫です。ご恩は忘れません」

探偵が指を出すと、マスターは匂いを嗅いで挨拶をし、鼻先を何度も擦りつけた。さらに喉を撫でられて、気持ちよさそうに目を閉じている。

『お、お前案外人懐っこいな』

「命の恩人ですから」

『ほんと悪かったな。だけど許してやってくれよ。思いつめてたんだろうし。そうか、許してくれるか。お前はいい奴だな』

猫と会話しているふうに話す人間ってのは、相当な猫好きだ。俺たちの言葉を理解しないくせに、勝手に返事を想像して一方的にしゃべる。マスターが素直に撫でられるのに気をよくしたのか、今度は額をトントンと指で軽く叩き始めた。やはり、猫の扱いを心得ている。

おやつを食べ終えたふくめんが、探偵の尻ポケットから覗く紐《ひも》で遊び始めた。

『おい、何してんだハチワレ。これはひい祖父ちゃんのお守りだからイタズラするなよ』

そう言いながらも、ポケットから出して紐で遊ばせる。確かあれは神頼みに使ったお守りだ。嬢ちゃんが見つかりますようにと大事そうに拝んでいたってのに、怒らないのか。

猫好きの見本みたいな男だ。

探偵はしばらくふくめんを遊ばせながら、自分もそれを眺めて楽しんでいた。

『あいつを許しちまったのは、ひい祖父ちゃんの若い頃に似てたからかもなぁ。無類の猫好きでな、このお守りもひい祖父ちゃんがくれたんだ』

嬉しそうに目を細め、ぼんやりと遠くを見るようにつぶやいた。そしてふくめんからお守りを優しく取り上げ、目の前に掲げて想い出を口にする。

『これに祈ると、不思議と猫捜しが上手くいくんだよなぁ。あの世から後押ししてくれてるんだろうな。飼っていた猫を置いて戦争に行った話をよく聞かされたもんだよ』

飼っていた猫を置いて——マスターがピクリと反応する。俺たちも喰うのをやめた。

まさか。そんなはずは。

俺たちは顔を見合わせた。俺たちの動揺に、探偵は気づいてない。

「お、教えてください。戦争に行ったひいお祖父さんって、どんな人ですか?」

『おおっ、なんだなんだ。急に積極的になりやがって〜。まだ喰いたいのか? 次は何がいい?』

「あなたのひい祖父ちゃんってかたの名前はっ? 飼ってた猫の名前はっ?」

『こっちのささみも食べるか? 旨いぞ〜』

違う。そうじゃない。

訴えをまったく理解できないのが、もどかしかった。

「それよりも、さっきの話を……っ」

マスターは前脚を膝に乗せて訴えた。だが、やはり通じない。

このままでは埒《らち》が明かないと思ったのか、手から直接おやつを食べ始める。聞いて駄目なら自分から語らせる作戦だ。

『そうか、そんなに旨いか』

探偵はいとおしげにマスターを眺めた。しばらくそうしていたが、固い梅の蕾《つぼみ》が膨らんで閉じ込められていた香りが解き放たれるように、真実が明かされる。

『俺が猫好きになったのは、ひい祖父ちゃんの影響なんだ。ひい祖父ちゃんは文学青年でな』

その口から語られたのは、まさにマスターと飼い主の青年の話だった。

伯母の家に身を寄せていた青年に赤紙が届けられたのは、戦争が終わりに近づく頃だった。かわいがっていた猫の世話を頼むと言い残し、招集されている。

戦死したという連絡を受け、夫も亡くした彼女は家を引き払って親戚のところへ引っ越すと決めたのだが、青年を思い出させる猫を見るのがつらくて、手放したという。

だが、彼は死んではいなかった。

戦後の混乱の中だ。似たケースは多かったらしい。

『猫の行方を捜したらしいんだがな、結局見つからなくてそれきりだと。近所の人の話でしばらく野良猫として辺りをうろついてたのはわかったらしいんだが。待っててくれたのに、あいつには悪いことをしたっていつも言ってたなぁ。自分を待ちすぎて、猫又になってないといがって、よく心配してたよ』

その言葉を通じて、マスターの飼い主だった青年の気持ちが流れ込んでくる。

何年経っても、忘れていなかった。子供ができ、孫ができ、ひ孫に昔話を聞かせるほど歳《とし》を重ねてもずっと覚えていた。

人を殺さなくていいのはありがたいと、マスターだけに打ち明けていた優しい青年。生きて帰ってくると言い残して、戦争へ行った青年。

時を超え、青年のひ孫であるこの男を通して運ばれた彼の想いは、奇跡のような偶然でマスターのもとに届けられた。

いや、もしかしたらあのお守りが導いてくれたのかもしれない。

「あの人は、生きて帰ってきたんですね」

『最期は老衰だった。親戚たちや飼い猫に囲まれて自宅でな。幸せな最期だったよ。そういやお前、ひい祖父ちゃんがよく話してた猫とおんなじ柄だな』

そう言っていっそう優しい目をすると、いとおしげに続けた。

『漱石《そうせき》先生』

雲の間から太陽が出てきた。彼を見上げるマスターの瞳孔が糸のように細くなり、ヒゲがピンと立つ。

漱石先生。

おそらくそれがマスターが呼ばれていた名前だ。

『好きな作家に似てたから、その名前をつけたとも言ってた。知ってるか？　猫の小説を書いた作家だ』

そうだ。マスターは何度も聞かされた。猫が主人公の話。どこが面白いのかわからなかったが、飼い主の穏やかな口調で語られるのが心地よくてずっと聞いていた。

『お。少し日差しが出てきたな。報告書も書かなきゃなんねぇし、そろそろ行くか。じゃあな、お前ら悪い人間には注意しろよ～』

探偵は散乱したおやつの残骸を片づけてから車に乗った。それが走り去るのを、マスターは黙って見送っている。

この季節にはめずらしく、勢いのある太陽が辺りを照らし始めた。まだ少し濡れた白黒の毛が、光を纏っている。車が見えなくなってもその場を動かないマスターの横顔には、在りし日を懐かしむ気持ちが浮かんでいた。

死んだあとも、想いってのは届くもんだな。

そっとしておこうと、俺たちは一匹、また一匹と帰っていった。

それから、マスターの姿を誰も見なくなった。ＣＩＧＡＲ ＢＡＲ『またたび』の看板は開店時間になっても灯りがつかず、中からは猫の気配がまったくしない。

青年には再会できなかったが、彼の血を引くひ孫に会い、名前を呼んでもらって満足したのかもしれない。そもそもマスターが猫又になったのは、帰ってくるという言葉を信じて待っていたからだ。

生きて帰ってきて、幸せな一生を送ったと確認できた。猫又ってのが成仏するものなのかはわからないが、もと飼い主の想いは受け取った。そのことがマスターをこの世に留《とど》めておく理由を失わせたのなら、俺たちにはどうにもできない。

つらい冬の季節が終わろうとしていた。寒さも和らぎ昼間は随分と過ごしやすい。もう少しすれば、いい匂いを漂わせた牝があちこちで見られるはずだ。

出産シーズンが来ると『ＮＮＮ』の活動も活発にならざるを得なくなる。ふくめんが目をキラキラさせながら、秘密裏に斡旋すると息巻く姿が容易に想像できた。

だが、拠点ともいえるこの店がなくなると、それもいつまで続くかわからない。

「今日も閉まってるっすね」

残念そうな声が、寒々とした路地をよりいっそう寂しく見せた。

ここに何度脚を運んだだろう。今日こそ……、と淡い期待を胸にみんな集まってくるが、しょぼんと尻尾を垂れて踵を返す日の連続だ。

さすがのオイルも元気がなく、つまらなそうにしていた。

「何日目だ？　マスターはどうしちまったんだろうな」

「名前を呼んでもらって、満足して成仏したんじゃないっすか？」

「幽霊じゃないのに成仏するかよ」

「そうっすかね」

いつもなら、若造二匹の会話に突っ込みでも入れてやるところだが、そんな気分にすらなれない。俺の中でもこの店の存在は大きくなっていたんだと、実感した。

「そろそろ新しい店を見つけねぇとな」

タキシードが諦めたように言った。冷たい奴だ。

「あるのか、他にこんな店が」

「ないな」

「仕方ないねぇ。千香ちゃんのところに寄って帰るかねぇ」

あんこ婆さんは今でも時々、もといた家に戻っている。寒さも空腹も感じないあんこ婆さんは、よく昼寝をしていた場所でくつろぐのが好きらしい。

「俺たちも帰ろうぜ？」

「そうっすね。ちぎれ耳さんはどうするんっすか？」

「どうするって、またたびが吸えねぇとなると、ねぐらに戻って寝るしかねぇな」

終わりってのは、いつか必ずやってくる。

何度も経験してきたはずだが、すぐに忘れちまう。そして、いざその時になって思い出すのだ。永遠なんてものがないことを……。

重くなる足取りで歩き始めるが、ふくめんがいきなり俺を呼んだ。

「ちぎれ耳さんっ！」

「なんだ？」

振り返った俺は、目を見開いた。

店の灯りがついてやがる。

ゴクリと唾を呑み、店を凝視していた。ここ最近感じなかった猫の気配を察したのと同時にドアが開いて、中からマスターが姿を現す。

「これは皆さん、お揃いで」

「マスターッ！」

ふくめんが鼻鏡を真っ赤にして駆け寄った。尻尾がピンと立っている。オイルもクールを装っているが、嬉しさを隠しきれない足取りでマスターのもとへ向かった。

「どこかへ行っちまったかと思ったよ」

「ご心配おかけしてすみません」

ここ数日、どこで何をしていたかなんて無粋なことは聞かない。マスターの顔を見れば、もう大丈夫だとわかるからだ。

「さぁ、皆さん、開店が遅れましたが中へどうぞ。最高のまたたびを揃えております」

俺たちは次々と店に入っていった。たった数日だというのに、懐かしさすら感じる。

長い年月をかけて染みついたまたたびの香りと、センスのいいBGM。今日のナンバーは軽快なジャズ。

俺たちがいつもの席に座ると、マスターはカウンターの中に立ち、改まった態度でこう言った。

「どうか今後ともご贔屓《ひいき》に」

# 第四章

# ちぎれ耳の初恋

春が訪れた。恋の季節だ。

俺たちに厳しく当たっていた風は和らぎ、牝《おんな》がいい匂いを漂わせ始めていた。生命の息吹《いぶき》を感じるようになると、俺たち野良猫も活動的になる。

固かった梅の蕾《つぼみ》が膨らみ、丸裸だった街路樹が小さな葉を出し、太陽の奴も少しずつ勢いを増す。鶯《うぐいす》の下手くそな囀《さえず》りを聞けるのも、この時期だけだ。たどたどしく響くそれに心が躍るのは、何も人間だけではない。過酷な外の世界で生きる俺たちも、漂ってくる春の匂いに鼻をひくつかせる。

幾度となく舞い戻ってくる寒波も、そろそろ次の場所に向かう気になったらしい。春という穏やかな季節は旅人のマントを脱がす優しさで、頑《かたく》なに居座っていた厳しい季節をここから遠ざける。

その日。冬眠から覚めたばかりのトカゲで腹を満たした俺は、気持ちよく昼寝を決め込んでいた。だが、ただならぬ気配に目を開ける。嗅ぎ慣れない牡《おとこ》の匂い。

ゆっくりと立ち上がってそちらへ向かうと、見かけない若い牡が芳しい匂いを漂わせる牝に言い寄っていた。猫パンチを喰《く》らっていたが、俺のテリトリーで、しかも目と鼻の先で堂々と交尾を試みるとはいい度胸だ。

「……あの小僧」

ペロリと鼻鏡《びきょう》を舐《な》め、狩りの時のように身を低くして足早に近づいていった。殺気を感じたのか、奴は背中と尻尾《しっぽ》の毛をぶわっと立てて振り返る。

「――ひっ」

「待ちやがれ！」

ギャギャギャッ、と悲鳴が青空に響いた。

一目散に逃げるが、簡単に許すわけにはいかない。俺の目を盗んでまたこっそり来ないとは限らないからだ。きちんとわからせる必要がある。奴を追いかけた。

道路に飛び出し、塀を飛び越え、庭を突っ切り、また道路を横断する。

今日の俺はしつこかった。追いついた途端、飛びかかって馬乗りになる。

「ひぃ、ごめんなさいっ！」

「あそこは俺のテリトリーだ。それをわかってやってんのか？」

「にっ、二度としませんっ。二度と脚を踏みいれませんっ」

「本当だなっ！」

ギャギャギャギャッ。また悲鳴があがった。

急所である喉や腹にかぶりつき、さらに脅してやる。最後に耳を囓《かじ》ってやった。そこらじゅうに奴の毛が舞う。

「すみませんすみませんっ、二度としませんっ」

「わかったならいい。次はないからな」

「はいっ」

奴は俺の下から這《は》い出すと、腰を抜かさんばかりに立ち去った。尻尾はタヌキのように膨らんでいる。このくらいやれば、奴も二度と舐めた真似《まね》はしないだろう。

満足した俺は、その場に座って毛繕いを始めた。

「こんなところまで来ちまった」

辺りを見回すと、普段は滅多に来ない、住宅街から少し離れた場所だった。駅前だが閑散としていて、マンションやアパート、店舗が多い。喰い物の匂いを漂わせながら走るバイクもいる。空き地もあるが、雑草があまり生えていないから餌場としての魅力はない。

「戻るか」

俺は自分のねぐらのあるほうへ歩き出した。太陽はご機嫌で、塀の上を歩く肉球にコンクリートブロックも優しい。今の騒ぎが嘘《うそ》のように、爽やかな風がヒゲに当たる。

しかし、古いアパートの敷地を横切ろうとした時、猫の気配を感じて立ちどまった。普段なら素通りするが、なんの気まぐれか、何かの予感がしたのか、引き寄せられるようにフェンスの隙間から中へ入っていく。

敷地の庭には雑草が生えていて、俺は身を隠しながらアパートに近寄っていった。目に飛び込んできたのは、掃きだし窓の傍《そば》に置かれたケージだ。二階建てになっていて、一階には猫トイレ。二階にベッド。そして中には、一匹の牝がいる。

俺は息を呑《の》んだ。

まるで春先に勢いよく滑空する燕《つばめ》が、間違って俺の胸を通り抜けたのじゃないかってほどの衝撃が走る。瞳孔は大きく開いただろう。

不思議な色をした牝だった。レンガ色の毛で覆われているが、単色ではない。毛先にかけて黒っぽく変化しているらしく、毛の流れにより色味が深い部分もあり、躰《からだ》の曲線がはっきりとわかる。

猫のしなやかさをこれほど表現できる毛並みは、見たことがなかった。

頭のてっぺんや顔の周りに微《かす》かに縞々《しましま》が見えるが、俺のような茶トラとは違う。花の蜜を吸う蝶《ちょう》の翅《はね》に見られる、捕食者の目を欺く模様。けれども、それは着飾られたとしか思えないほどの美しさだ。緩いカーブを描くヒゲもピンと張りがあり、くっきりとした目の縁を彩るラインも幅広で神秘的だった。

ドキン、ドキン、と胸が高鳴り、肉球が汗ばんだ。

空の高い位置で、雲雀《ひばり》が楽しげに恋の歌を歌っている。

俺の目が釘《くぎ》づけになったのは、単に見た目によるものだけではなかった。そこに横たわっているだけなのに、目が離せないのはなぜだろうか。猫ってのはもともと単独行動する習性があるが、それだけでは片づけられない孤高の雰囲気を感じた。何か特別な瞬間を目にした気分だった。

まるで日の光を浴びて光るつららから落ちる一滴のしずく。花冷えの中、一輪だけほころんだ桜。

俺たち野良猫にはない近寄りがたい雰囲気に、目が釘づけになっていた。

もしかしてあいつらが言ってたアビシニアンってのが、この牝なのかもしれない。

ここ最近、ふくめんたちが騒いでいる飼い猫の話を思い出した。


その日、生きる者を祝福しているようなぽかぽかとした陽気の中、俺は公園のベンチに寝そべりながら毛皮を天日干ししていた。近くには、ふくめんの姿がある。

このところ人間もよく外に出てくるようになり騒がしくなったが、ガキどもは遊具に集まっていて俺たちに見向きもしない。

「美人だったっすよ！」

鼻鏡を赤く紅潮させながら話しているのは、アビシニアンという種類の猫のことだ。住宅街から少し離れた駅近くのアパートで飼われているという。一階の部屋にいるもんだから、よく姿が見えるらしい。

俺たちのような雑種とは違い、血統書つきの猫だけあって、ふくめんが話しかけても応えない。チラリと一瞥《いちべつ》するだけだ。だが、それがいいと言う。

「お高くとまってるだけじゃねぇのか？」

「違うんっすよ、ちぎれ耳さん。そういうんじゃなくて……もっとこう……」

ふくめん曰《いわ》く、単にツンケンしているのではない。どこか物憂げで目が離せないらしい。声をかけてみたが、応えない。近づいていっても、チラリと見ただけでそっぽを向かれた。何度やっても同じで、今まで一度も言葉を交わしたことがないらしい。

「そんな猫に構ってる暇があったら、いい牝を見つけろ」

俺は前脚の肉球の手入れをしながら忠告した。話によるとケージに入れられているから、もし相手が応じる気になっても自分の子孫は残せない。

恋の季節に、わざわざそんな牝に関心を持つなんて時間の無駄だ。

「オイルは話したことあるんっすかね？」

「俺に聞くな」

あの小僧がお高くとまった牝に興味を示すわけがない。いや、むしろ手の届かぬ相手のほうが燃えるか。

大人になったかと思いきや、ふくめんは相変わらずのお調子者っぷりだった。鼻鏡を紅潮させながらはしゃいでいる。アビシニアンのことを牝として見ているというより、単にめずらしい相手として興味を掻《か》き立てられているといった感じだ。こいつらしい。

「血統書つきか。ふん、同じ猫だってのに、どいつもこいつも」

「ちぎれ耳さんが声かけても振り向かないんっすかね？」

「俺くらい経験を積んだ牡が一番モテるんだよ。ケージに入ってさえいなけりゃ、モノにできる」

「デカいこと言うなぁ、ちぎれ耳の旦那は」

タキシードの声に肉球の手入れをやめた。顎の曲がったデカい顔が近づいてくる。相変わらずふてぶてしい態度だ。

「ケージから出られないってタカを括《くく》ってるだけだろう？　脱走した時が見物だな」

「お前も見に行ったのか？」

「ああ、少し前だけどな」

そう言って日向《ひなた》に躰を横たえる。タキシードまで興味を持つなんざぁ、めずらしい。

「なかなかの美人だった。子供もいたぞ。三匹」

「え、そうなんっすか？　俺気づかなかったっすよ。寝てたんっすかね？」

「親離れしたんじゃねぇか？」

「そんなはずはない。産まれたばかりだった。今もまだ母親と一緒にいるはずだがな」

死んだのか。

ふくめんの手前言葉にはしなかったが、生きながらえる難しさは知っている。飼い猫も例外ではないってことか。

「ね、ね、あの子、なんか特別な感じがするっすよね！」

能天気に同意を求めるふくめんに、タキシードは半分呆《あき》れながらも認めた。

興奮したふくめんを思い出し、あいつが騒ぐのもわかる気がした。

これまでに出会ったことのない猫。俺が住んでいる住宅街にも血統書つきの猫を飼っている家はある。それなのに、これほどの衝撃を受けたのは初めてだ。

忍び脚で近づいていき、ケージのすぐ下に座る。目が合った。威嚇されるかと思ったが、その瞳にはなんの感情も浮かんでいない。一瞬作り物じゃないかと疑うほどだったが、ゆっくりと瞬《まばた》きをした。生きている。

瞬きは俺たちのコミュニケーションの一つだ。敵じゃないと伝える時によく使う。好意を示す時もだ。しかし、俺に向かって何か訴えてきたようには思えなかった。

その瞳は新緑のような鮮やかな色をしているが、風に揺れる若葉のようなみずみずしさはない。凍った水たまりに閉じ込められたみたいな、綺麗《きれい》だが、そこだけ時をとめられたような孤独が沈んでいた。

それでも木漏れ日のような光は、間違いなく俺の中で弾《はじ》けている。

今までに抱いたことのない感情に戸惑った。これをどう表現すればいいのか。俺の中で弾け続けるものはなんなのか。何もかもが初めての経験だ。

若造と言われる時期はずっと昔に終えたはずなのに、まだ知らない感情があるとは。

その時、低く轟《とどろ》く車のエンジン音が近づいてきた。ドン、ドドン、ドン、ドドン、と地響きするほど大きな音を立てるそいつは、俺のいる庭とは逆側の、建物を挟んだ道路側まで来る。しばらく騒いでいたが、ふと静かになった。

ほどなくして人間の声とともに部屋のドアが開き、飼い主らしき人間が戻ってくる。

『は〜、喉渇いた〜』

『昼どうする〜？　ピザでも取ろうか』

『またピザかよ。なんか別のねーの？』

『そんなに言うならあんた作ればいいじゃん』

若い男女だ。俺は物陰に隠れて様子を窺《うかが》った。奴らは部屋に入ってきてもアビシニアンに触れもしない。

猫好きってのは、猫に構いたがるものだ。嬢ちゃんの飼い主たちも帰るなり『ルル』と呼び、よく撫《な》でている。おやつを買ってきただのおもちゃで遊ぼうだの、鬱陶しいだろうと時々気の毒になるほどだ。猫スキルが高くなると猫の意思を尊重するが、この二人はそういった雰囲気でもない。気になるのは、二人がまだ一度も飼い猫の名前すら呼ばないことだ。

なぜだ。

そういえば、ケージの中に水や餌の器は入っていない。喉が渇いたらどうするんだ。子猫もいなかった。本当に死んだのか。飼い猫だってのに?

『腹減った。飯どーするよ?』

『ピザでいいでしょ。文句言っても知らないから! あんたアプリで注文してよ』

『なんで俺が。何でもいいからお前が頼めって』

男はソファーに寝そべると、何か手に持って操作し始めた。スマホだろう。何が楽しいのか、動かなくなったかと思うと時々笑い声をあげる。女のほうも飼い猫なんかいないという顔で、自分のことに夢中だ。

アビシニアンを見たが、諦めているのか慣れているのか、耳をそちらに向けようともせず、先ほどと同じ体勢のまま外を眺めている。

俺はしばらく観察していた。

二人と一匹。互いに干渉せず、時間だけが過ぎていく。面白いことは何も起きそうにない。時々人間があげる笑い声は楽しげだが俺にしてみりゃ不快で、だがなぜ不快なのかわからなかった。

怒鳴り声を浴びせられた時とも違う。甲高い金属音に耳をつんざかれた時とも違う。わかるのは、長居する場所じゃないってことだけだ。

だが、いい加減帰るかと立ち上がろうとした瞬間、女が沈黙を破った。

『ねぇねぇ、そいつ次いつ産ませんの？』

男はすぐに答えなかったが、面倒臭そうに頭を掻きながら言う。

『あー……とー、……明後日《あさって》？　先輩に借りてくる』

『ほんと？　またドタキャンされないように確認しといてよ』

『昨日したって。そんなに言うなら牡も飼うか？　そうすりゃ借りてこなくてもいつでも交尾させられるだろ』

『簡単に言わないでよ。餌代結構かかるんだけど？』

うんざりといった声に、嬢ちゃんやあんこ婆《ばあ》さんをかわいがっている人間とは違うと確信した。入ってきた時から嫌な感じはしていたが、ここまでとは。

『しょうがねーだろ。まだ始めたばっかなんだから。前売った時の金があるだろ』

『自転車操業じゃん。何が儲《もう》かるよ。本当に儲かるの？』

『そいつにたくさん産めって言えよ。若い猫ってあんまり産まないけど、そのうちバンバン産むようになるらしいぜ。猫の繁殖力ってすげーから』

欲にまみれた声だった。こんなふうに嫌な響き方をする人間の声を聞いたことがある。

婆ちゃんが死んだ時、それまで一度も見たことのなかった長男・次男夫婦という人間どもが突然やってきて、婆ちゃんの死体をほったらかしたまま諍《いさか》い合ったり、ひそひそ話していたりした。

ずっと忘れていた記憶が蘇《よみがえ》る。婆ちゃんの想《おも》い出の中で、唯一不快なものだ。

無意識に尻尾をブンブンと左右に振っていたらしい。男が身を起こして俺のほうを見ている。

『げ、汚ねぇ猫』

しまった。昔を思い出すあまり油断してしまった。

『ちょっと、うちの猫にちょっかい出すつもりじゃないの？　雑種なんて追い払ってよ。あんなのに妊娠させられたらたまったもんじゃない』

『あっち行けコラ！』

男が手に何かを持って掃きだし窓から出てきた。飼い主が物音を立てながらケージの傍を通っても、アビシニアンはほとんど反応しない。

すぐさま踵《きびす》を返して退散した。鈍臭い人間に捕まるほど落ちぶれちゃいないが、何か投げつけられて尻尾の先に掠《かす》る。俺としたことが。

立ちどまって振り返ると、アビシニアンは最初に見た時と同じ体勢のまま外を眺めていた。

「そりゃ猫工場だね」

ボックス席に一匹で座るあんこ婆さんが、声を紫煙に包んで放つようにポツリとつぶやいた。年季の入った猫背がさらに深く曲がっている。

CIGAR《シガー》BAR《バー》『またたび』のカウンター席には、常連どもの顔がズラリと並んでいた。寒さが和らいだおかげでトカゲなどの獲物も増え、景気よく支払えるこの時期は早い時間から野良猫どもが集まってくる。一見《いちげん》の客も多い。

今日の一本は『ロメオ・ニャ・フリエタ』。

悲恋を描いた文学作品の名前が由来のこいつを吸う気になったのは、物語を彷彿《ほうふつ》とさせる深い甘みの中に感じるスパイシーさを俺の心も求めているからなのか。吸い進むにつれて変化するまたたびの味わいは、心に居座るなんともいえないやるせなさを中和するように、俺を酔わせてくれた。

「なんっすか、猫工場って」

「言葉どおりさ。猫を大量生産するんだよ」

「なんでそんなことするんだよ?」

限定品を手にしたオイルが、不可解そうに鼻にシワを寄せた。こいつはいつも羽振りがいい。人間から餌を貰《もら》う術《すべ》を心得ている。

「あたしたちと違って、血統書つきってのは高く売れる。だから人間はそれで商売をやるのさ」

「え、じゃあタキシードさんが見た子猫って売られたんっすか？」

ふくめんが泣きそうな声で言った。甘ちゃんで困ったもんだが、まだガキだっただろうに母親から引き離されたと思うと、俺ですら胸が痛む。

俺は生粋の野良で、烏《からす》などの天敵に狙われるような厳しい現実に直面もしたが、母親のぬくもりは覚えているし、おっぱいに吸いつきながら兄弟と寝る時の安心感もなんとなく記憶にある。

それを十分に味わわずして、どこかへ売られてしまうのだ。

「ま。そうだろうね。母猫はかわいがられてないようだし」

「でも、子猫は幸せっすよね。だって、わざわざ買うんでしょ？」

いや、そうとは限らない。もと飼い猫だった野良がいることは知っている。脱走なんかじゃない。飼い主に捨てられるのだ。血統書つきでも、人間の胸三寸で過酷な運命に放り出されることがないとは言えない。

だが、あえて言わなかった。ふくめんがこれ以上しょぼくれた顔をするのを見るのは鬱陶しくて敵《かな》わないからだ。知らないままでいられるなら、そのほうがいい。

「まだ小さかったぞ。乳飲み子だった」

タキシードがめずらしく感情の籠《こ》もった声を出した。

「そういや何度も妊娠してるの見たぜ？」

「何度もって？　いつから知ってるんすか？」

オイル曰く、アビシニアンを飼っている人間どもが越してきたのは、去年の夏頃だ。好みの牝じゃなかったため気にも留めなかったが、今考えると子供を抱えている時期が不自然なほど多いという。

「そんなに前から……」

「時々あの近くを通って狩りに行ってたからな。常に腹がデカいって感じだったぜ？　血統書つきってのも大変だよな」

「貴重な猫だからって、大事にされるだけじゃないんっすね」

またただ。しおれた向日葵《ひまわり》みたいに、しょぼくれてやがる。

「あたしらは太陽が出てる時間が長くなると、躰が繁殖の準備を始めるのさ。だからわざと明るい場所に置いて一年中妊娠できるようにするんだよ」

「よく知ってんな。そんなえげつねぇ話」

「テレビで見たのさ。千香《ちか》ちゃんがものすごく怒ってたっけねぇ」

あんこ婆さん曰く、狭い場所で大量に飼育し、産ませるだけ産ませてあとは捨てるような悪徳業者もいるらしい。俺たち野良猫は邪魔者扱いするくせに、血統書つきの猫は無理にでも妊娠させて大量生産だ。

胸くその悪い話に、またたびを口に運ぶペースも速くなる。

「オイルの話からすると、一ヶ月も経《た》たないうちに子猫は売られてるね。早く次の子を産ませるために取り上げてるんだろう。ま、部屋で一匹しか飼ってないってことは、小遣い稼ぎに思いつきで始めたんだろうけど、そう上手《うま》くいくかねぇ」

マスターが黙って俺の灰皿を新しいのに交換する。俺としたことが、灰を零《こぼ》してしまったらしい。話に聞き入りすぎだ。

「脱走させたら駄目っすかね？」

突拍子もないことを言うふくめんに、全員の視線が集まる。思いのほか注目を浴びて動揺したのか、しどろもどろになった。

「え、え、だって……なんかかわいそうっす」

「簡単に言うんじゃないよ。脱走したからって、その子が野良猫として生きていけるかわかんないだろ」

「だったら斡旋《あっせん》すればいいじゃないっすか？　血統書つきならすぐ見つかるっすよ」

「短絡的なんだよ、お前は。脱走なんて簡単にできないのはちゃあこの時で思い知っただろ？　本猫《ほんびょう》にその気があるかどうかわかんねぇし。それに金儲けのために飼ってるなら脱走なんかさせるわけねぇよ。いつもケージに入れられてるんだ。どうやってあそこから出すんだよ？」

「そ、それは……」

オイルの言うとおりだ。ケージは俺たち猫には太刀打《たちう》ちできない。人間がアビシニアンを外に出した瞬間を狙うしかないが、そんな時こそ警戒しているだろう。理想どおりにはいかない。

「オイル、ずっとあの中なのか？」

「少なくとも出されてるところを一回も見てねぇぜ？」

「そんなにひどい扱いを受けてるなら、脱走させて本当にかわいがってくれる人のところに斡旋したいっす。こういう時こそ俺たち『NNN』が……」

言いかけてやめたのは、誰も賛同していないとわかったからだろう。

皆気持ちは同じだ。ただ、それが現実的でないと心得ている。人間を前に、俺たちは無力すぎる。

立ち籠《こ》める紫煙が濃くなり、店内はドカ雪が降った住宅街のように静まり返っていた。

誰も何も言わない。水分をたっぷり含んだ重そうな雪が落ちてくるみたいに、ピアノのもの悲しい旋律が俺たちの気持ちを代弁する。

「その子は諦めな。自分にできることをやるんだよ」

あんこ婆さんがぽつりと忠告した。冷たいんじゃない。現実を見ろと言っているのだ。

「婆さんの言うとおりだよ。『NNN』は今からが一番忙しいんだぜ？」

「そ、そうっすよね」

「そういや情報屋が新しい斡旋先候補を見つけたって言ってたぜ？　猫のステッカーを車に貼ってたんだと。今度調査にでも行ってみるか？」

「行くっす！　候補の家があればあるほどいいっすからね！」

「だろ？」

ようやくふくめんの鼻鏡が赤みを帯びてくる。

結局、放っておくしかないという答え以外行き着くところはなく、一匹、また一匹とねぐらへ帰っていった。元気を取り戻したふくめんがオイルとともに店を出ると、店内は俺とマスターだけになる。ＢＧＭのトランペットが慟哭《どうこく》のように聞こえるのは、聴く者の心がなせる業なのか。

俺は、苛立《いらだ》ちを隠せず無言で座っていた。

普段は情に流されやすいふくめんに呆れる立場だが、何をそう入れ込んでいるのか、気がつけば俺の怒りのような赤い火種は肉球を焼かんばかりのところまで近づいている。大事に育てられた逸品を味わわずして灰にするなんて、手間暇をかけて熟成されたまたたびへの冒瀆《ぼうとく》だ。反省する。

「ちぎれ耳さん、今日はどうされました？」

「マスター、すまん。せっかくの品を」

「いえ、いいんですよ。それもまたたびの役割の一つです。それでちぎれ耳さんの心が少しでも慰められるなら」

「もう一本いいか？」

「ええ、もちろんです。何になさいますか」

たて続けに二本吸うことは滅多にないが、今日ばかりは別だ。今度はじっくり味わおうと同じものを注文する。

シガーカッターでザクリと切って吸い口を作る。心にいつまでも引っかかるあの牝の存在を、こんなふうに切り捨てられたらどんなにいいだろうか。手入れをされた刃先を見て、そんな考えが脳裏をよぎった。

使い古した俺の心は、最近どうも切れ味が悪い。以前ならこれが現実だとすぐに忘れただろうが、最近は変わった。

歳《とし》を取って簡単に捨てられないものが増えたのだろうが、猫生《びょうせい》の苦みをより強く感じるのは、心がざわついていけない。

猫工場の話を聞いてますますアビシニアンが気になった俺は、アパートに脚を向けるようになっていた。関わるのはよせ、と自分に言い聞かせても、それができない。何度通っても、あの牝はケージの中だった。人間が部屋にいることも多く、なかなか近づけない。水と餌は定期的に与えているようだが、オイルと同じく、俺もあの牝がケージから出されているところに遭遇しなかった。遠くからそれを確認する日々。

しかしある日、俺の前にチャンスが転がってきた。

どうせ今日もケージの中だとタカを括りつつも、未練たらしく遠出の散歩に出た俺は紐《ひも》で繋《つな》がれてケージの外に出されている姿を見つけた。部屋の中だが、いつもよりずっと近づける。部屋にはアビシニアンと女だけだ。しかも女は寝ている。

俺は掃きだし窓にそっと近づいていった。アビシニアンは俺に気づいたが、置物のようにほとんど動かない。

「よぉ」

声をかけたが、反応はなかった。人間は完全に寝入っているらしく、微《かす》かないびきが聞こえてくる。俺はさらに近づいていった。

「俺はちぎれ耳っていうんだ。ほら、耳がちぎれてるだろう？　若い時に喧嘩《けんか》して齧られたんだ。デカいボス猫でな。あんた名前は？」

しばらく待ったが、返事はなかった。アパートの前をバイクが通り過ぎていく。バタン、と車のドアを閉める音がしてガチャガチャと金属音が聞こえたかと思うと、すぐそこの家でピンポーンとチャイムが鳴った。

『こんにちはー、宅配でーす』

どこも似たような生活音に満ちている。この季節は穏やかで、呑気《のんき》で、ゆったりしていた。昼寝には心地いい季節だ。もう少しすると、強すぎる日差しに俺たちは日陰を探して歩くようになる。

「天気がいいなぁ」

今日も雲雀の囀りは空に吸い込まれるように消えていった。姿は見えないってのに、声だけ響かせるあいつらがどんな姿なのか、俺はよく知らない。

「あんた、またたびは好きか？」

またたびという言葉にも反応しなかった。吸ったことがないのかもしれない。

「いい店があるんだ。腕のいいマスターがいてな。まぁ、牝はあんまり好んで吸わないが、あんこ婆さんみたいなのもいるし、マスターの品は最高なんだ。案外あんたも好きかもしんねぇぞ」

返ってくるのは沈黙だけだ。何を言おうとも、ピクリとも反応しない。

俺は目の前のアビシニアンをじっと眺めた。次々と浮かぶ疑問を投げかけても、本猫の口から語られることは何もないのだとわかる。それでも知りたかった。

その瞳に映る景色はどんな色をしているのだろう。

囀る鳥を見て、狩猟本能が疼《うず》くことがあるのだろうか。草むらの中に虫の気配を感じて、飛びかかりたくなることがあるのだろうか。ぽかぽかとした陽気に心が躍り、風に揺れる雑草とたわむれたくなることがあるのだろうか。

俺は、何度もある。

もちろん、いいことばかりじゃない。時には人間に水を浴びせられたり、散歩中の犬公に吠《ほ》えられたりもする。恐ろしい思いや死に直面することもだ。

けれども、俺の一日は喜怒哀楽に富んでいる。色々な景色を見られる。風も音も、全身で感じられる。

だけどあんたは違うのか？

冬が去って庭のあちこちで生き物の気配がするいい季節だってのに、俺の心は突き抜けるような青空には不釣り合いな雨雲のような色をしていた。オイルの話によると、去年の夏頃はすでにこんな生活だった。猫製造機みたいな扱いをされ、ただ飼育されているだけのアビシニアンが、俺のような野良猫とコミュニケーションを取れるなんて思ったのが間違いだったのかもしれない。

馬鹿馬鹿しい。

俺は諦めて踵を返した。人間が目を覚ましたら厄介だ。また何か投げつけられて怪我《けが》でもしたら、命に関わる。

「やめだやめだ。感情に流されるとろくなことにならねぇ」

自分にそう言い聞かせた。そもそも縄張りから離れた場所に足繁《あししげ》く通うなんて、俺らしくない。のんびり昼寝をする時間を削ってまでここに来て、なんの得があるのだろう。二度と近づかないと固く誓う。

それなのに――。

数日後、俺は性懲りもなく再びアパートへ脚を向けていた。我ながら物好きだと呆れる。あいにく掃きだし窓は閉めきられていて、中は見えなかった。道路のほうに回ると、アビシニアンと一緒に住んでいる男が道端に車を停《と》めて洗っている。アスファルトの上を泡立った白い水が次々と流れていった。

飼い猫には関心を示さないのに、鉄の塊にはご執心のようだ。泡を洗い流したあとは、丹念にボディを撫で回している。顔を近づけて同じところを何度も擦《こす》っている姿を見ていると、そのうち舐めるんじゃないかと思った。

『ねー、まだ洗ってんの～？』

部屋のドアが開いたかと思うと、女が出てくる。だるそうに歩く姿は、部屋でごろごろ寝ていた時と変わらない。

『猫のトイレ、今週はあんたが当番でしょ』

『あ？』

『猫のトイレ！』

『わかってるよ。今洗車中だっての、見てわかんねぇのかよ？　猫のションベンなんてほっときゃいいだろ。砂置いてんだから』

『おしっこだけじゃなくウンコもしてるの。臭いんだけど？　何日掃除してないの？』

『うるっせーな』

男と女は険悪な雰囲気だった。前に見た時は互いに無関心だったが、ここまでひどくはなかった。いけすかない相手とは距離を置けばいいのに、人間ってのは理解不能だ。

女は腕を組んだまま男を睨《にら》んでいたが、男が手伝えと言うとまた猫のトイレを掃除しろと鬼の形相で言う。

『これ終わったらやるって！』

『ねー、もうやめたら？　今んとこ赤字ギリだよ？　手間考えたら赤字！　あんたの先輩がブリーダーやってて儲かってるから始めたんでしょ？』

『今さら何言ってんだよ。お前もやるっつったじゃん』

『言ったけど、あんたがここまで世話しないとは思わなかった。あたしもうやめたい』

そうだ、やめちまえ。手のかかる猫なんて捨てちまえ。あとは俺が面倒見てやる。飼い猫を捨ててくれと願ったのは、初めてかもしれない。だが、こいつらのもとにいるよりずっといい。

『今言うか？　この前交尾させただろ。もうすぐ産むって』

『もうすぐって、二ヶ月先だよ？』

男はそのしつこさにため息をつくと、車を撫で回すのをやめて女の肩に腕を回した。

『二ヶ月後、お前ニコニコしてんぞ？』

『なんで？』

『今までよりもっと儲かる方法教えてもらったんだ』

『何よ？』

俺は鼻にシワを寄せた。醜い顔をする人間をこれまで何度も見てきたが、中でも群を抜いて醜悪だ。

『猫ってさ、妊娠中でも交尾すりゃさらに妊娠するんだって。一回で六匹くらい産んでくれりゃいいだろ？』

女の不機嫌そうな顔が少し和らぐ。

『今まで一回しか交尾させなかっただろ？　だから産む数が少なかったんだよ』

『え、じゃあ何回も交尾させたほうが得じゃん』

『な？　だからもうちょっと続けてみようぜ？』

『も〜、次たくさん産まなかったらあたし降りるからね〜』

文句を言っているようだが、その声はどこか弾んでいる。あいつらが部屋に入っていくと、俺は奴が丹念に手入れをした車に近づいていった。

磨かれたボディは黒光りしていて、覗《のぞ》き込むと俺のイカした顔が映り込む。ボンネットに飛び乗った。歩くと肉球の跡がつく。ペタペタと歩いてやった。さらに尻の穴をつけて座ってやる。

ゴムがついた棒が二本、ガラスに貼りついているのに気づいた。軽く爪を出して前脚で引っ掻いたが、ガラスから離れそうにない。囓りながらさらに引っ掻くと取れそうになったが、弾みで戻る。次第に本気になってきて、しばらく格闘していた。しかし、ゴムの部分を一部嚙《か》みちぎったところで飽きてしまう。

地面に降り、タイヤで爪を研いだ。仕上げとばかりに小便をひっかける。

『あっ、テメェなにすんだよ！』

部屋から顔を出した男が叫ぶが、今頃気づくなんて遅い。俺は悠々とその場から立ち去った。男の怒鳴り声が建物の中から飛び出してくる頃には、通りの向こうだ。

雨が降りしきる夜。

濡《ぬ》れた毛を丹念に舐めながら、俺はCIGAR BAR『またたび』のカウンター席に座っていた。いつもの『コイーニャ』は灰皿の上に置かれたままで、まだ眠りから覚めていない。

今日は心まで濡れているみたいで、またたびを前にしても気持ちが上向きにならなかった。マスターは知らん顔をしてくれているが、またたびになかなか前脚が伸びないとは、自覚している以上に大きなショックを受けているのだなと、今頃実感した。

「なぁ、ちぎれ耳。何があった？」

隣で紫煙を燻《くゆ》らせていたタキシードは、いきなりそう斬り込んできた。俺は前脚の毛繕いをいったんやめたが落ち着かず、今度は肉球の手入れを始める。一心不乱に肉球の間に挟まった汚れを前歯でこそいでいると、奴はさらに深く踏み込んでくる。

「お前、アビシニアンをこっそり見に行ってるだろう」

「う……」

「何が『う……』だ。さっきからしみったれた顔しやがって、辛気臭くてたまらないんだよ」

容赦ない言葉に、ぐうの音も出なかった。確かに他の猫がこんな顔でカウンターに座っていたら俺も同じことを言ったに違いない。

「ま。あいつらがいなくてよかったな」

めずらしく常連たちの姿はなく、ボックス席に一見の客が一匹だけだ。今日は夕方から雨だったため、おとなしくねぐらに帰った猫も多いのだろう。雨ばかり降る季節はまだ先だが、心はジメジメしている。

「なんだよ、どうした？　吐き出したほうが楽になるなら聞いてやるぞ」

「うるせぇ、黙ってろ」

「いつになく猫背が深いぞ」

隠す気にもならなかった。そうだ、俺は今、激しく落ち込んでいる。おもむろにまたたびを取り、シガーカッターで切り口を作った。相変わらず切れ味がいい。

先端を炙《あぶ》ってじっくりと目覚めさせるが、ゆらりと立ちのぼる紫煙の中にある光景が浮かんできた。次第にそれははっきりしてきやがる。

このずんぐりとした手がもう少し器用に動くのなら、俺はあの部屋に忍び込んでケージの鍵を探して、忌ま忌ましいところから逃がしてやるのに。

「なんだよ、そんな空気振りまくらいなら言ってみろよ」

「実はな……」

我慢できず、タキシードに促されるまま、俺は今日見た光景を話し始めた。

俺がアパートの傍を通ったのは、本日二度目だった。日が経つに連れて自分の気持ちをコントロールできなくなっているのか、下手すれば一日に二度、三度と脚を運んでいる。

このところ掃きだし窓が閉めきられていることも多くなった。中が見られない。そのせいにした。だが、もし開いていても同じだっただろう。

今日の俺はいつもと違った。もう一度くらい声をかけてみようかなんて、能天気に考えていたのだ。通い始めて随分経つからか、時折アビシニアンが俺を見るようになっていたのが、心境の変化をもたらした。

もしかしたら、俺の匂いくらい覚えたかもしれない。そんなささやかな希望——甘ったれた妄想は、容赦ない現実に叩《たた》き潰される。

件《くだん》の部屋の掃きだし窓が開いているのに気づき、俺は脚をとめた。部屋の様子がよく見える。今日は比較的涼しくて風もあるおかげか、冬は冷気を、夏は熱風を吐き出す室外機って奴も大人しくだんまりを決め込んでいる。

部屋には人間がいた。あの二人だ。アビシニアンもいる。

再び歩き出し、雑草の間に身を隠しながら近づいていった。耳をそちらに向けると、人間が猫撫で声でケージに向かって話しかけているのが聞こえる。優しくするなんて、めずらしいこともあるもんだ。そのうち人間は部屋を出ていく。

しかし、なんだか様子がおかしい。

俺は辺りを警戒しながら身を低くして部屋へ近づいていった。そして、脚をとめる。

アビシニアンは二匹いた。一瞬産んだ子供かと思ったが、同じくらいの大きさだ。いや、もう少し大きい。俺が最初に見た時のような衝撃は受けなかったが、やはり血統書つきの猫ってのは野良猫とは違う。高級そうな雰囲気を漂わせてやがった。

伸び放題の雑草の間から顔を出し、二匹の動向を観察する。

狭いケージの中で、二匹は互いの様子を窺っていた。じっと動かず、ただ蹲《うずくま》っているだけだ。香箱を組んでいないところを見ると、緊張しているのだろう。

どのくらい経っただろうか。牡が動いた。

「——っ！」

牝のアビシニアンはされるがまま背後から乗られ、首を噛まれて押さえつけられる。ゆっくりと目を閉じたあと、牡が退《ど》くのと同時にギャッ、と声をあげた。そしてケージの隅に逃げ込んで躰を丸くする。威嚇するかと思ったが、そのまま蹲って小さくなった。抵抗する気力がないのか、うつろな目が何を映しているのかわからない。

あんこ婆さんの話が現実のものとして目の前に突きつけられる気がした。

猫工場。

人間の機嫌がよかったのは、そういうことか。

恋の季節になると、あちらこちらで繁殖を試みる猫の姿を見る。見慣れている。もちろん俺だってブイブイいわせてきた。何匹も牝を孕《はら》ませてきた。それなのに、俺の心には嵐が吹き荒れていた。

それは満開の桜を全部吹き飛ばし、柔らかな木の幹を大きくしならせ、鮮やかな青空とそこにぽっかりと浮かぶ雲を映していた水面《みなも》を激しく揺らす。

違う。あれは俺たちの繁殖とはまったく別の行為だ。俺たちはもっと自然に、自由に、繁殖をする。あんこ婆さんも言っていた。太陽が出てる時間が長くなると、躰が繁殖の準備を始めると。

確かに、太陽の勢いが増すにつれて力が漲《みなぎ》ってくる。気分はイケイケだ。気持ちがノってきていい匂いを漂わせる牝を見つけると声をかけるんだ——よぉ、そこの姉ちゃん。交尾は牝次第で、躰の準備が整っていないとどんなに俺たちが声をかけても応じてもらえない。だが、あいつはどうだ。人間の仕組みの中で子供を作らされる。あんなこと許されていいわけがない。

動揺を隠せずに佇《たたず》んでいたが、人間の声に我に返った。ドアが開いてさっきの二人が戻ってくる。

『終わった〜？』

『今ので十分だろ』

『あんなんで子供できんの?』

なんだ、お前らも覗いてやがったのか。俺は妙に腹立たしくなった。

『猫って妊娠率百パーだから一回でできるってさ、先輩が』

『マジ? すっごい』

『じゃ、俺返してくっから。あと頼むな』

男が牡のほうをケージから出してキャリーケースに入れる。その扱い方は乱暴で、尻尾を扉に挟まれて「ニャ!」と声をあげた。シャーッ、と威嚇もするが、男は『うるせー』と言ってキャリーケースを叩く。男がそれを抱えて部屋を出て行くと、女は猫などいないという態度でソファーに寝そべった。

「くそ、なんだってんだ」

よく見ると、アビシニアンの毛艶は失われていた。しかも、痩せてきた気がする。以前はこんなんじゃなかったはずだ。俺の目を釘づけにした時はしなやかさを感じられるほどの色艶があった。餌を減らしているのかもしれない。女が餌代がかかると文句を言っていたのを覚えている。

飼い猫ってのは、飼い主の心一つで旨《うま》いもんが喰えたり喰えなかったりする。俺たちは常に死と隣り合わせだが、心ない人間に飼われた猫を待ち受けているのもまた同じ——いや、場合によってはそれ以上に過酷なのかもしれない。

産めるだけ産ませろと言っていた。今のが何回目なのかわからないが、なされるがままでいるほど、何度も繰り返されたのは間違いない。

新緑のような色をした瞳に氷に閉じ込められたみたいな頑なな孤独を感じたのは、そういうわけだったのか。あんなに綺麗な色なのに、諦めしか映さなくなるほど心を殺されたのか。

俺は胸をかぎ爪で引っかかれるみたいな気持ちになった。痛くてたまらない。

「そうか」

俺の悔しい気持ちを黙って聞いていたタキシードは、ボソリとつぶやいた。店内を流れる軽快なジャズの旋律が、重く沈んだ心の上を転がっていく。

「惚《ほ》れた牝が他の牡と交尾してるところを見るなんてな」

「違う、そんなんじゃねぇ」俺は吐き捨てた。

あの牝の目が忘れられなかった。

一度でいいから獲物を前に瞳孔を開かせ、ヒゲを前にピンと出して飛びかかる瞬間のなんとも言えない興奮を味わわせてやりたい。腹の皮が背中にくっつくくらい空腹の時にガリリ、と骨を砕きながら獲物の息の根をとめる瞬間を、命を繋ぐことができた喜びを味わわせてやりたい。

そうじゃなくてもいい。嬢ちゃんのように飼い主が操る偽物の獲物でいいから、飛びかかってじゃれつく瞬間を、その興奮を味わわせてやりたい。

「俺たちだって生きてるんだ」

悔しさを孕んだ声は人間には届かず、猫が集う薄明かりの店内に溶け込んでいくだけだ。

小さき者の声に人間は耳を傾けない。

「ま、今日はとことんつき合ってやるよ」

タキシードの太い腕が俺の肩に回ると、猫背をさらに深く曲げてまたたびを口に運ぶ。

マスターが熟成させた逸品は相変わらず旨かったが、俺の心がそう感じさせるのか、いつもとどこか違う。幾度となく吸ってきたキューバ産の『コイーニャ』。

お前、こんなにほろ苦かったっけ。


何もできないまま季節は移ろい、俺は自分の無力さを痛感する日々だった。

庭の花々が次々と咲き、虫たちもより活動的になる。ヒラヒラと舞う蝶々に狩猟本能を刺激され、発情した牝の尻を追いかける牡を見ることも多くなった。一日中優しい日差しに、昼寝をする時間も増えていく。

その頃には、俺も諦めの境地に達していた。

それでもアパートに通うのをやめられないのだ。我ながら呆れる。

今年の春は、オイルたちは数件の子猫斡旋に成功し、満足げだった。ふくめんもアビシニアンのことは諦めて自分ができることをしようと、いつになく活動に力が入っている。情報屋とも随分仲がよくなって、あちこち走り回っていた。

俺といえば斡旋にもあまり手を貸さず、アビシニアンのもとへ通う日々だ。『NNN』なんて活動は性に合わないと普段から口にしているが、今回は今までとは違う。それどころじゃなかった。そのひとことに尽きる。

そんな矢先だ。アビシニアンが子供を産んだのは……。

その日、俺がアパートに着くと、ミュウミュウと子猫の声が微かに聞こえてきた。網戸の向こうに人間の姿がないのをいいことに、近づいていく。

「そうか、産んだのか」

掃きだし窓の付近は日陰になっていて、心地よさそうだった。手入れのされていない庭は雑草が伸び放題で、朝降った雨のおかげでまだ地面が湿っている。今日は風も爽やかだ。子猫は五匹ほどいそうだった。小さな毛玉が争うようにおっぱいを飲んでいる。この時ばかりはあの牝も穏やかに見えた。俺がそう思いたいだけじゃないと信じたい。

何度声をかけても反応しなかったのに、せっせと子猫の毛繕いをする姿からは母親の愛情が感じられた。

ただ、痛そうだ。子猫が吸いつくと、時々痛がって逃げる素振りを見せる。それでも腹を空《す》かせたガキどもはおっぱいをくれとせっついて鳴くため、何度も体勢を変えている。

「ああ、あの子かい。あんたが惚れた牝ってのは」

「おわ！」

突然現れたあんこ婆さんに、背中の毛がツンと立った。尻尾も膨らみ、少々バツが悪い。

あんこ婆さんは隣で香箱を組むと、アビシニアンのいるケージを見上げた。

「なんだよ、こんなところまで」

「ちぎれの小僧が入れ込んでるから見に来たのさ」

「誰がそんなこと言った？」

「誰でもいいだろ。通ってるのに変わりはないんだから。それに、なんだかんだ言って斡旋に手を貸すお前が、今年の春はさっぱりだったじゃないか。何かに入れ込んでるって証拠さね」

ぐうの音も出なかった。そうか。そんなに俺は入れ込んでいるのか。

「否定はしないさ」

「へぇ、めずらしく素直じゃないか、ちぎれ」

噂《うわさ》になろうがどうでもよかった。俺はこのもやもやをどうしたらいいかわからず、ただ遠くから眺めていることしかできない。アビシニアンが、また体勢を変える。

そんなに痛いのか。病気かもしれない。

「一年に何度も子供を産んで授乳するから、乳首が腫れて痛いのさ」

「そうなのか？」

「ああ、そうさね。あんなに立て続けに子供を産めばそうなるさ」

あんこ婆さんは毛繕いを始めた。前脚を舐め、顔、耳の後ろ。再び前脚に戻ると指の間や爪一本一本まで丹念に掃除する。

ママ、ママ、と甘える声が聞こえてきた。まだ歯の生え揃っていないような小さなガキが吸いついたくらいで痛むのだ。どんだけ産まされたんだ。

「べっぴんさんだね」

「だが、毛艶が悪い。前はあんなんじゃなかった」

「そりゃそうさね。子供を何匹も産んでるんだ。オイルの小僧が去年の夏頃からいるって言っただろ？　その頃からなら躰はボロボロのはずさ」

「奴ら、段々と稼ぐコツってのを覚えてきてやがる。一度の発情で何度も交尾させれば一回に産む子猫の数が増えるって言ってた」

「はっ、欲深い人間ってのはどうしようもないね」

いずれあの子供たちも取り上げられるだろう。子猫と一緒にいる時間が少しでも長ければいい。そう願うことしかできなかった。

だが、しばらくして子猫は消えた。母親の庇護《ひご》のもと、ぬくぬくと暮らしている時期にもかかわらずだ。どうしてだ。どうして、そんなことができるんだ。

アビシニアンは再び一匹になり、ジメジメした空気が雨を運んでくる。

春先の穏やかさが嘘のように梅雨が訪れ、俺たちの平和な日々を掻き回したあと、今度は猛烈な暑さの夏がやってくる。蟬《せみ》の世界征服が始まるのはこの頃だ。

あいつらは喰っても旨くない。そのくせ大量にいやがる。ジワジワジワジワ……、と朝から晩まで奴らの声で満たされ、昼間出歩くのも危険な暑さに俺も日陰にいる時間が増えてくる。

そんなある日、再びアビシニアンの腹が膨れているのに気づいた。あまりにも早い。相手は見なかったが、欲に駆られた人間が目の色を変えて喜ぶ姿が容易に想像できた。

俺の怒りを代弁するように、夏が勢いを増していく。

こんなことがいつまで続くのか。俺はいつまで見続けるのか。人間の欲が尽きるのを見たいのか。その日は来るのか。

答えの出ない問いを繰り返す毎日。

しかし、事態は急変する。

ある日を境に、アビシニアンを飼っていた人間の部屋から人気がぱったりと途絶えた。


入道雲が大きな顔で青空の上に浮かんでいた。

穏やかな景色とは裏腹に、俺の心は冬が訪れる直前の乾いた空気にガサガサと削られているようだった。水分がどんどん失われていく。

どこだ？　どうして誰もいない。猫の気配もない。

俺はアパートの周りをうろついていた。塀に登り、階段を上って二階に行ってまた戻ってくる。静まり返った部屋からは、なんの物音もしなかった。男が大事そうに撫で回していた車もなくなっている。

あまりの暑さに、ここ数日脚が遠のいていたせいで何もわからなかった。夕立を降らせる雲さながらに、嫌な予感があっという間に心に広がっていく。

動いていないようでゆっくりと移動している入道雲は一部始終を見ていただろうに、俺には何も教えてくれない。いつもと変わらぬ表情で地上を見下ろしている。

その時、ガチャガチャという物音と人間の声が聞こえてきた。物陰に隠れながら音のほうへ行くと、ゴミ捨て場で人間の婆《ばばあ》が何かブツブツ言いながら掃除をしている。不機嫌そうだ。こういう時の人間には近づかないに限る。

俺は踵を返そうとしたが、視界の隅にあるものを捉えて目を見開いた。

アビシニアンが入れられていたケージが置かれている。猫トイレもだ。キャリーケースや使いかけの猫砂の袋まであった。

『大家さん、こんにちは、こんにちは〜』

『ああ、こんにちは』

『暑いのに精が出ますね。どうかしたんですか?』

アパートの住人だろう。駅のほうから歩いてきた中年の男が、ゴミ置き場の前で立ちどまった。転がり出しそうなずんぐりした躰つきで暑そうだ。首にかけたタオルでしきりに汗を拭いている。

『ほら、ここ。燃えるゴミの場所なのにこんなの捨てていって』

苛立ちを隠せない様子で、女が言った。すると男はゴミ捨て場の中に入っていって、あの二人が置いていったものをいろんな角度から眺め始める。

『うわ〜、これひどいな。なんでもかんでもって感じですね』

『猫も飼ってたのよ。うちはペット禁止なのに』

『え、そうなんですか?』

『だから出てってもらったんだけど、まさかこんなに滅茶苦茶《めちゃくちゃ》にしていくなんてね。部屋なんてひどいもんよ。あそこまで汚して出て行った人、初めてだわ』

人間の話に、ようやく状況がわかってきた。猫を飼っているのがばれて引っ越しせざるを得なくなったようだ。

じゃあ、アビシニアンはどこにいる。

猫だけ連れていったってことはないだろう。猫に関するものを全部置いていってるところを見ると、引っ越しを機に飼育をやめたのかもしれない。

俺は急いで辺りを捜し始めた。

道路を挟んだ向こう側の空き地。店の裏側。路地。車の下。

どこを捜してもあの牝の姿はなかった。肉球が痛むほど歩いても、見つけることができない。次第に焦り始める。気がつけば、夕暮れが街を包もうとしていた。

「くそ、どこだ……?」

俺はいったん住宅街へと戻り、ＣＩＧＡＲ ＢＡＲ『またたび』に脚を運んだ。誰かいてくれと願いながら、店のドアを開ける。

「いらっしゃいませ」

カウンター席にオイルがいた。今日も人間から餌を貰ったのだろう。野良猫の苦労なんて知らないって顔をし、悠々とまたたびを吸ってやがる。マスターは俺の顔を見るなり何か察したらしい。オイルもそれに気づいて何事かと振り返る。

「なんだよおっさん。血相変えて」

軽い揶揄《やゆ》を乗せて放たれた言葉に、なぜかホッとしていた。いつものオイルだ。いつもの店がここにあるだけで、冷静さを取り戻せた。

「実はな……」

カウンター席に座り、一度落ち着いてから事情を話した。俺がアビシニアンに入れ込んでいることはみんなに知られている。話は早い。

「捜すのを手伝えっての？」

そうだ。笑うなら笑え。『NNN』なんて性に合わないと言いながら、俺が今していることは甘ったれの自己満足だ。それでも、あの牝を放っておけない。

「いいぜ？　おっさんが必死なの、めずらしいからな」

「ちょりーっす！　今日はいい餌を手に入れたっすよ。何吸おっかな～」

鼻鏡を紅潮させながら、ふくめんが店に入ってきた。その能天気さに救われる。

「ふくめん、ちょっとおっさんのことで話があるんだ」

「え、なんっすか。深刻な顔して」

あんこ婆さんやタキシードも姿を現し、常連たちはいつもと違うボックス席に集合して顔をつき合わせた。情報屋も加わる。

「ケージの中で飼われていたんなら、そう遠くには行ってないはずだ」とタキシード。

「保健所に持ち込まれてる可能性はないのかい？」あんこ婆さんが、またたびを吸いながら脅すように言った。

「ほ、保健所っすか⁉」ふくめんの背中の毛がツンと立つ。

「婆さん、デリカシーねぇな。そういうこと言うか？」残り少ないまたたびを味わいながら、オイルが吐き捨てた。

「いや、現実的に考えるべきかもしれませんよ」情報屋は中立の立場だ。

そのとおりだ。目を背けたって仕方がない。だが、あの二人がわざわざ持ち込むとは思えなかった。互いに世話を押しつけ合っていた。今回ばかりは、あいつらのだらしなさに期待したい。

「いや、その辺に捨てていったはずだ。面倒なことは一切しない。保健所に行く手間はかけないだろう」

「なるほど。ちぎれの小僧がそう言うんなら、信じるしかないね」

「引っ越す時に部屋から追い出しただけなら、自力でどこかに行ってるな。外の世界を知らないはずだ。そう遠くへは行ってないぞ」

「アパートを中心に手分けして捜すしかないね。何かあったらここに戻ってマスターに伝言しておけばいい。いいかい？」

「もちろんです」

俺たちは揃《そろ》ってアパートへ直行した。

この辺りは俺のいる住宅街とは違うが、隠れる場所は多い。だから、どこかに身を潜めていてくれ。助けが来るのを待っていてくれ。俺が行くから。

いつまでも消えない昼間の残像のように、太陽が山の向こうに沈んでも蒸し暑い空気は漂い続けていた。昼間はうるさい蟬も、ほとんどが眠っている。それでも時折ジジッ、とその存在を誇示した。この季節は俺たちのものだと言わんばかりに。

時間は刻々と過ぎていき、焦りが広がり始める。本当にこの辺りにいるのか。保健所に持ち込まれていないなんて、楽観的すぎたのか。

しかし、猫の爪のような月が山の端に吸い込まれ、東の空にうっすらと朝焼けの気配が漂い始める頃、タキシードが朗報を持って戻ってくる。

アビシニアンはすでに出産していたようで、アパートから離れた住宅街寄りの場所に親子でいた。

コンクリートで覆われた水路の脇。壁に空いた丸い横穴の中だ。穴は深く、どこかに続いているらしい。水路は幅も深さもあるが、水はチョロチョロとしか流れていない。俺の肉球が浸かる程度だ。だが、大雨が降ればあそこは水没する。

梅雨の時期でなくてよかった。

「ほら、あそこ」

「よくここまで来たっすね。子猫もいるっすよ」

ミュウミュウと微かに子猫の声が聞こえてくる。売るにはまだ小さいサイズだ。母親から引き離せばすぐに死ぬだろう。だから置いていかれた。

「人間が捨てていったんだろ。人目につかない場所だぜ？」

腹立たしくてならなかった。せめて空き地なら他の人間が見つける可能性もあっただろうが、ここは近くに民家もなく、水路の深さもかなりのものだ。

多少なりともある罪悪感に、自分たちの罪を隠そうと子猫ごと放り込んだのか。それともゴミを捨てるのと同じ感覚でここに置き去りにしたのか。

「お前らあれを全員斡旋する気はあるかい？」

「当たり前っす。こんな時こそ俺たちの出番っすよ」

「これでおっさんのしょぼくれた顔も見なくて済むな。斡旋先候補もあるんだぜ？　おっさんがボケッとしてる間に『ＮＮＮ』の地盤を固めてたんだ」

生意気な小僧の台詞《せりふ》も、今はありがたい。オイルの言うとおりだ。俺はただ見ているだけだった。『NNN』なんて性に合わないと言い、何もしなかった。

「まずはあそこから連れ出さないとな。全員で行くと警戒する。お前の出番だ」

タキシードに促され、一匹で水路に降りていった。俺にできることはまだある。勢いあまって水の中に落ちて肉球が濡れたが、構わず近づいていった。

「気をつけろよ〜、おっさ〜ん」

オイルの声が背後から追いかけてくる。

子供を護《まも》ろうとする母親ってのは、危険だ。何度か子連れの母親にうっかり近づき、威嚇されたことがあった。あんこ婆さんのもと飼い主に三毛柄の子猫を斡旋しようと探していた時もそうだ。巣穴を覗いた時は、尻を囓られたっけか。

俺ほどの牡ですらギャッと悲鳴をあげたのだから、子育て中の牝がどんなに危険かわかる。それを肝に銘じ、脅かさないよう声をかけた。

「なぁ、俺を覚えてるか?」

アビシニアンは反応しなかった。子猫が吸いつくまま躰を横たえ、うつろな目でどこかを見ている。

「ここは危険だ。雨が降ったら水没するかもしれないぞ」

話しかけながら、俺は一歩、また一歩と近づいていった。

体力が残っていないのか、どんなに近づいても威嚇してこない。さらに一歩。とうとう目の前まで来る。そろそろと顔を寄せても、たいした反応はなかった。

何日喰ってない？　何日ここでおっぱいを与え続けてる？

置物のように動かないアビシニアンを見て、イチかバチか一匹だけ連れていってみることにした。ママ、ママ、と甘える子猫の中から、はみ出した奴の匂いを嗅ぐ。ペロリと舐め、傷つけないようゆっくりと首を咥《くわ》えた。思ったより体温が低い。

俺が連れ去ろうとしているのに、それでもアビシニアンは反応しなかった。

もしかしたら、慣れているのかもしれない。何度も産まされ、何度も取り上げられているうちに、当然のことと認識してしまっても不思議ではない。

子猫を咥えたまま、いったん水路から這い上がった。

「あっさりでしたね」

情報屋が驚きを隠せない様子で言う。

「威嚇の一つもされなかった」

全員で下を覗いた。あと三匹。アビシニアンには、もう子猫を舐めてやる力すらない。

即座に下に降りていって、二匹目、三匹目と咥えて上がる。四匹回収するのに時間はかからなかった。

「早く人間のところに連れていきな」

「でも、まだお母さんが残ってるっすよ」

「あれはいくらおっさんでも咥えて上がれないだろ？　どーすんだよ」

「なんとかする。ガキどもは頼むぞ、みんな」

子猫をオイルたちに任せて、再びアビシニアンのところへ行った。子猫がいないことに気づいているのかどうなのか、目を閉じたまま横たわっている。

「おい、あんた」

声をかけるとゆっくり目を開けたが、また閉じる。

「子猫は預かっただけだ。ちゃんと育ててくれる人間のところへ連れていくからな。あんたも斡旋してやる。だから、俺と来い」

この水路からなんとか出さないと。そう思うが、どうやっても動こうとしない。毛はボサボサで、目やにもひどかった。少し前に見た時よりもさらに痩せている。

鼻の挨拶をしようとしたが、応じてはくれなかった。それでも一方的に鼻先をつける。

「なぁ、あんたも子供にやってただろ」

俺はアビシニアンの額をペロリと舐めた。反応はなかったが、少なくとも怒っても怖がってもいない。それがわかると、毛繕いを始める。

額。頭。耳。躰も綺麗にしてやった。顔を舐めても、されるがままになっている。

「頼むから俺と来てくれ。上手くいけば、ガキどもと離れなくていい。ひとまずここから這い上がるぞ。な？」

何度も、何度も、俺は訴えた。やはり反応はない。

こうしていても無駄に時間が過ぎるだけだと、いったんその場を離れた。諦めに呑み込まれそうな心を奮い立たせ、住宅街に戻る。

太陽はすっかり昇りきっていて、人間どもの活動も活発になっていた。人間の婆どもがよく集まっている商店もシャッターが開いている。中の喫茶スペースはまだシンとしているが、宴の準備は進んでいた。簡素なテーブルには、お菓子の袋が並んでいる。

『あ、またあの猫。今日は早いねぇ。猫も涼しいうちに活動するのかね』

よく乾いたスルメを分けてくれる店主が、俺に気づいた。

頼むから、助けてくれ。死にかけの猫がいるんだ。ここから少しあるが、案内するからついてきてくれ。

そう訴えるが、俺の声は登校する小学生たちの挨拶に掻き消された。

『はーい、おはよう。みんないってらっしゃ～い。車に気をつけるんだよ』

子供の集団が通り過ぎ、店主は店の前の道路を掃き始める。そうしているうちに、常連の女が犬公を連れてやってきた。

『おはよう、園田《そのだ》さん。最近暑いわね～』

『ほんともう、嫌になるねぇ』

『散歩が終わったら来るわ。あ、昨日いいお土産貰ったの。持ってくるわね』

犬公が俺を見て吠えた。俺に人間の注目が集まる。

「なぁ、頼むから俺と来てくれ！」

『やだ、おやつくれって訴えてるわよ』

『その猫、スルメじゃなくてかまぼこが好きなのよ』

「違う、そんなもんが欲しいんじゃねぇ。助けて欲しい猫がいるんだ」

『ちょっとだけよ。ほんとこんな朝早くから来るなんて、図々《ずうずう》しくなったねぇ』

店主はいったん店の奥に引っ込むと、かまぼこを投げてよこした。

「だから違うんだ！　頼むから、俺についてきてくれ！」

訴えるが、人間は俺の言葉など理解しようとしない。

『駄目駄目。それしかないからね！』

『そうよ、せっかく貰ったんだから食べなさい。じゃ、またあとで～』

女が犬公を連れて歩き出すと、店主も奥へと消える。諦めて、かまぼこを口に水路に戻った。

アビシニアンはまだ生きていた。しかし、香箱も組めなくなり、横たわったままだ。かまぼこを顔の横に置く。

「ほら、喰え」

喰い物を誰かに分け与えたのは、初めてだった。

死ぬ時は死ぬ。俺が長年自分に言い聞かせてきたことだ。いちいち消えていく命に同情していたら身が持たない。それなのに、今回はどうだ。自然の摂理ってやつに必死で抗《あらが》っている。だが、本当に自然の摂理なのか？　欲深い人間に蹂躙《じゅうりん》された猫を救うのは、自然の摂理に反することなのか。

俺は再びその場を離れ、トカゲを捕まえてきて顔の近くに置いた。喰い物だと認識していないのか、チラリとも見ようとしない。匂いを嗅げば少しは喰う気になるかと思ったが、それも期待できそうになかった。

「なぁ、頼むから喰ってくれ」

生きようとしていない。こんなに暑い日が続いてるってのに、躰が冷えている。まるで命が消えかかっているというように、どんどん衰弱していく。

こいつはもう猫じゃないのかもしれない。猫の形をしているだけで、猫の心は残っていないのかもしれない。猫を産む道具として扱われ、感情をなくしてしまったのなら、これ以上訴えても無駄なのかもしれない。

オイルが様子を見に来た。

「おっさん」

呼ばれ、水路から上がる。

「斡旋、四匹とも成功したぜ？　しかも全員一緒だ」

「本当か？」

「ああ、猫好きの人間が保護してくれた。すげぇぜ、情報屋。隠し球持ってやがった」

「そうか」

「そっちはどうなんだよ？」

アビシニアンを見るオイルの目にも、諦めの色が浮かんだ。どう考えても、助けられないとわかったのだろう。

「ふくめんは連れてこないほうがいいな」

「ああ」

みんなに礼を伝えておいてくれと言って、再びアビシニアンのもとに戻った。

「おい。聞いたか？　あんたの子供はちゃんと保護されたぞ」

俺があんまりしつこいからか、身を起こして俺から離れようとする。だが、すぐに躰を横たえた。

ああ、駄目だ。後ろ脚が弱々しい。

もともとケージからほとんど出さずに飼われていた。脚の筋肉が十分ついていないところに加えて、餌を制限されたのが原因だろう。びっくりするほど細い。

駄目だ。こんなんじゃあ、水路からは這い上がれない。決定的なものを見せられた気がした。

上を見ると、タキシードも様子を見に来ていた。俺が気づいたと知るなり、姿を消す。

俺はそこに座っていた。時々額を舐めたが、反応は段々小さくなっていく。それでも傍から離れられず、隣で毛繕いをしたり香箱を組んだり蹲ったりした。

日が昇り、ジリジリと照りつける太陽が俺たちのいるところまで手を伸ばしてきても、離れない。もう一度狩りに出た。公園でくつろぐ人間の持ち物を漁《あさ》ったが、何も出てこない。それでも探した。住宅街。店の裏。ゴミ捨て場。いい匂いが漂ってくれば、匂いを辿《たど》って喰い物が手に入らないか狙った。

再び戻った時には、太陽は随分傾いている。やっと手に入れたのは、人間がゴミ箱に捨てていった弁当に残っていた鯖《さば》だ。脂の乗った鯖ってのは最高に旨い。これなら喰う気になるかもしれない。

「おい、持ってきたぞ」

俺が行くと、アビシニアンは目を閉じて躰を横たえていた。俺が近づいても目を覚まさない。眠ってしまったのか。

俺が運んだかまぼこやトカゲは、そのままだった。

隣に鯖を置き、香箱を組む。夜の帳《とばり》が下りてきて、辺りが暗くなり始める。星が夜空を彩る時間になっても、アビシニアンは目を覚まさなかった。

俺はたまらず、夜空に声を響かせた。

「誰かっ、誰か助けてくれっ！」

生暖かい空気は俺の声を包むだけで、誰にも届けてくれない。それでも叫んだ。

「猫がいるんだ！　死にかけてる！　助けてくれ！」

自分の無力さを今ほど感じたことはなかった。俺は何もできない。この水路からこいつを這い上がらせることすらできない。いつも人間を身勝手だと、信用ならないと言っているが、今はそんな人間の手を借りること以外思いつかないのだ。

「誰かっ、頼むからっ、ここにいるんだよ！　ここに！　助けてくれ！」

星が黙って俺を見下ろしていた。情けない牡の声を聞きながら瞬くそいつが朝焼けに呑み込まれる頃には、この牝の命も尽きているかもしれない。

なぜかそんな気がして、俺は声が嗄《か》れるまで鳴いた。


ＣＩＧＡＲ ＢＡＲ『またたび』は、いつもの顔で俺を迎えてくれたが、どこか沈痛な空気が漂っていた。いや、それを漂わせているのは俺かもしれない。

「大丈夫です。信用できる人間ですから」

「そうか」

俺はボックス席で情報屋から斡旋先について話を聞いた。火をつけた『コイーニャ』は灰皿に置かれたままで、マスターが熟成させた逸品をまだ味わっていない。目覚めさせるのが早かったたか。

「あとで様子を見に行きましたが、きちんと世話してます。先住もいるからいずれバラバラに貰われていくかもしれませんが、少なくともちゃんと育ちます」

理想的な斡旋だった。猫の扱いに慣れている人間のもとで育ててもらえる。先住は雑種でまだ若いが、子猫を舐めたりして世話を焼いているという。もしかしたら、何匹かは手元に残すかもしれない。

「母親のほうはどうですか？」

俺は答えなかった。もう一度あそこに戻るかどうか迷っている。

一晩中叫んだあと、疲れた俺はそのまま寝入ってしまった。朝が来てもアビシニアンの命の炎はかろうじて繋がっていて、昼過ぎにまた喰い物を探しに出た。夕方までうろつき、ヤモリを持って戻ったが、俺が集めた喰い物には口をつけておらず、かまぼこもトカゲも鯖も半分干からびていた。そいつを自分の腹に収めて捕まえたばかりの獲物を置いたが、やはり反応はない。

俺にできることはすべてやった。あとはあの牝に生きる力が残っているかだ。生きようとするかだ。

最後まで見届けるべきだとわかっているが、それが『死』になるかもしれないと思うと心が痛くて腰を上げる気になれない。

別れは慣れるもんじゃないと、痛感している。むしろ、別れを経験するほど耐性が失われるんじゃないかって思っている。歳を重ねると、切なさがより身に染みるようになるのかもしれない。

「おっさん、大変だ!」

カランッ、という音とともにオイルが店に飛び込んできた。ふくめんならまだしも、こいつが血相を変えるなんてめずらしい。鼻先が黒くなければ、鼻鏡が紅潮しているのが見られただろう。

「どうしたオイル」

「人間が水路に集まってる」

「なんだと?」

立ち上がった瞬間、テーブルがガタン、と音を立てた。オイル曰く、タキシードたちも向かっているらしい。マスターを見ると「どうぞ行ってきてください」とばかりに軽く頷《うなず》いた。ありがたくそうさせてもらうことにする。

火をつけたばかりの『コイーニャ』をボックス席に置きっぱなしにし、オイルとともに店を出た。すると、人間どもが数人集まっている。懐中電灯の灯《あか》りがアビシニアンのいる横穴を照らしていた。若い男が水路に降りていくのが見える。

「どうなってんだ？」

「さぁ、わかんないっす」

「この辺りで助けを求めるような猫の声を聞いたって人間が言ってたぞ」

俺だ。俺が一晩中叫んだ。

集まっている中に、商店でよく菓子を喰っている犬連れの女がいるのに気づいた。クルクルカール頭の女もだ。商店の常連たちがこぞって集まっている。

『こんばんは〜。園田さんから聞いて来てみたの。何なに？　どうしたの？』

『モコちゃんの散歩コースなんだけど、ここからずっと離れなくて。あんまり吠えるからおかしいと思って覗いたら猫みたいなのが蹲ってるのが見えてね。そしたら彼女が』

『昨日、一晩中猫が鳴いてたんです。気になってこの辺りをちょくちょく見に来てたらワンちゃんが何か見つけたって』

近くの住人だろうか。見たことない若い女が話に加わっている。

『へぇ。モコちゃん偉いね〜。で、あなたが息子さん連れてきたの』

『そうそう。大学生にもなっていつもダラダラしてるから、たまには働けって言って呼んできたの。ほら、雄馬《ゆうま》！　ぼけっとしてないで早く行きなさい！』

『無茶言うなって、ここ滑るし！』

からない。

若い男が水路の中をゆっくりと進む。俺が近づいても逃げなかったが、人間相手だとわからない。

　俺は祈った。頼む。そのままじっとしていてくれ。保護されろ。

『ほら～、今行くからな～。怖くないからな～』

　次の瞬間逃げ出すんじゃないかと、気が気でなかった。心臓が跳ねている。

　しかし、アビシニアンはあっさりと捕まった。人間が集まってきても、逃げる力は残っていないらしい。抱えられ、水路から救出される。俺がどうやってもできなかったことを人間はいとも簡単にやってのけた。悔しいが、今は感謝の気持ちしかない。

「よかったっすね」

「千香ちゃんみたいな人間はたくさんいるんだよ。弱った動物を放っておけないような人間がね。あたしゃ知ってたよ」

　あんこ婆さんは満足げにそう言うと、住宅街のほうへ帰っていった。オイル、ふくめんもそれに続く。タキシードだけが残った。

　俺はその場を離れられなくて、アビシニアンが人間に取り囲まれているのを遠くから眺めていた。もう十分だ。結果は見えた。人間に任せて大丈夫だ。

　頭ではわかっているが、立ち去ることができない。あの牝を見られるのもこれが最後という青臭い想いのせいだろうか。

『あら、これ血統書つきじゃない？　飼うの？』

女に抱っこされているアビシニアンを覗き込み、クルクルカールの女が言った。

『うちは犬がいるから駄目だけど、彼女がなんとかしたいって』

『ペット不可の部屋だから私も飼えないけど、飼い主を探すくらいはできますから』

『血統書つきならすぐ見つかるわね。洗ったら綺麗になるわよ〜』

口々に言いながらぞろぞろと家路に就こうとする人間を、黙って見送る。

その時、アビシニアンが暴れて人間の腕から飛び降りた。どこにあんな力があったんだと思うような素早い動きだった。

『あ、待って！』

若い女は慌てた。俺もだ。

おい、よせ。せっかくのチャンスを棒に振るな。怖いことはない。そのまま連れていかれろ。それがあんたにとって最良の道なんだ。

「こっちに来るな！　あんたの飼い主だった奴らとは違う。そいつらは信用できる！」

思わず叫んだ。それなのに、俺の気も知らずヨロヨロしながらこちらに向かって歩いてくる。後ろ脚の筋肉が発達していないせいで、歩き方がおかしかった。

どうしてだ。どうして、そこまでして人間の保護を拒む。それだけ受けた心の傷が大きいってことか。
安全だと伝えられないのが、歯痒《はがゆ》くてならない。
『あ、あそこにも猫』
誰かが言った。人間どもの視線が俺に集まる。ここにいる全員が息を呑んで見守ってい
た。アビシニアンは間違いなく俺に向かって歩いてくる。
その鮮やかな色の瞳が俺のすぐ前まで来たかと思うと、鼻を差し出された。これは鼻の
挨拶か。戸惑いながらも、応じる。
「……ありがと」
「――っ！」
その瞳は、間違いなく俺を捉えていた。
今のは聞き違いか？ いや、違う。確かに言った。ありがと、と。
踵を返し、再びヨロヨロと歩いて人間のところへ戻るのを俺は黙って見ていた。大事そ
うに抱えられるのを見て、ホッとする。
タキシードが来て隣に座った。
「お前に礼を言うために、最後の力を振り絞ったんだろうな」
そうだろうか。こいつの言うとおり、本当に俺に伝えたくてあんな無理を……。
『あら、あの猫。よく見る野良じゃない？ ほら、店にしょっちゅう来る』

『あ〜、あの喰いしん坊？　猫の行動範囲って広いのね。心配してるのかしら。もしかして昨日鳴いてたって猫も？』

『まっさか〜、あんなふてぶてしい顔の猫が？』

『案外優しいのかも。大丈夫よ〜。この人が飼い主見つけてあげるって』

『私に任せてね、猫ちゃん』

人間どもは口々に俺にそう言い、猫を救出できたことを喜びながら帰っていく。アビシニアンが女の背中の向こうに消えても、しばらくそこに佇んでいた。

名前も知らない。おそらく、名前なんてつけられていなかった。猫の心は残っていないと諦めていた。だが、今までどんなに話しかけてもまともに反応しなかったのに、ありがとうとひとことだけ俺に残した。

「お前、相当惚れてたな」

タキシードの言葉が心に染みる。

そうだ。俺は惚れていた。初めての本気の恋ってやつだ。あっさりと終わっちまったが、確かに、恋だった。

ありがと。

俺はもう一度反芻《はんすう》した。

かわいい声だった。朝露みたいに透明な響きが、今も胸を震わせる。

新しい飼い主は、どんな名前をつけてくれるだろう。野良猫の俺がそれを知ることはできないが、きっとお似合いの名前をつけてくれるに違いない。

きっとあんたは幸せになれる。名前をつけてもらって、旨いもんを喰わせてもらって、撫でてもらえ。毎日ぬくぬくと過ごせばいい。これからは安泰だ。穏やかな日々が待っている。今までつらい思いをしたぶん、幸せになれる。

俺は自分に言い聞かせるように心の中で繰り返した。それは、祈りでもあった。

「いい斡旋だったな。お前のおかげだぞ」

「うるせぇ」

「ま、今日はとことん吸おう。つき合うよ」

促され、俺は住宅街のほうへ歩いていった。

夏の勢いが残る夜の空気は湿度が高く、俺たち毛皮を着た猫には過ごしにくい。それでも脚取りは軽かった。月夜は猫の隠れ家だ。

ジー……、と草むらの中でケラが鳴いた。

番外編

# 猫神様の遣い

また連れてきやがった。

信じがたい光景に、言葉も出なかった。何度目になるかわからない。目の前にはネズミサイズの子猫を咥《くわ》えたボロボロの猫が一匹。眼光鋭く立ちはだかっている。

「なぁ、なんでいつも俺のところに連れてくるんだ？」

薄汚れた白い野良猫は、子猫を置いてその場に座った。長毛種の血が入っているらしく、胸元の毛が長くてファーのマフラーに見える。飼い猫ならゴージャスだっただろう。だが目やにがひどく、鼻水も出ていた。どう見ても病気持ちだ。

「俺はペット探偵なだけで、猫を斡旋《あっせん》して回ってるわけじゃねぇんだぞ」

言い聞かせたって無駄だとわかっていても、何度も来られると言いたくなる。けれどもこいつはそんな俺の言葉など聞いちゃいない。

ミュウ、と子猫が鳴いた。生後一週間くらいか。保護しなければ死ぬだろう。

俺は迷った。ここで手を出すから、こいつは何度も子猫を連れてくるのだ。知らん顔すれば、いずれ来なくなる。

「あ、おい」

逡巡《しゅんじゅん》しているうちに、子猫を置いて立ち去った。ヒラリと躰《からだ》が塀の向こうに消える。

猫の動きってのは美しい。

追いかけて道路を覗《のぞ》いたが、その姿はなかった。

「くそ、なんでだよ」

アパートの中庭に面した一階が俺の部屋だ。縁側のついた古いアパートで、季節によっては庭を眺めながらビールが飲める。時々野良猫が紛れ込んできて、昼寝をすることもあった。子供の頃によく行ったひい祖父《じい》ちゃんの家を彷彿《ほうふつ》とさせる。

そこが気に入って長年住んでいるが、おかげであいつの猫斡旋先として定着しつつあった。これまで何度、あいつの連れてきた子猫の里親を探しただろう。

「ったく、しょうがねぇな」

子猫を摑《つか》むと、部屋に連れて上がった。中には猫用ミルクやおやつなど、猫の喰《く》いもんが常備してある。脱走した猫を捜すのに必要だからだ。

こんなもんを持ってるせいで、いつでも子猫を保護できるってのも考えものだ。

「なぁ、ひい祖父ちゃん。なんであいつは俺のところに子猫を連れてくると思う?」

俺は机に飾っているひい祖父ちゃんの写真に問いかけた。戦争に行く前に撮った写真らしい。真面目な青年といった感じのひい祖父ちゃんもかなりの猫好きで、いつも猫を侍《はべ》らせていた。癌《がん》の治療を拒んで自宅療養にしたのも、病院で死ぬより家族や猫に囲まれて死にたいと願ったからだ。往診はしてもらっていたが、点滴すら拒んで最後は自宅で亡くなった。その傍らには猫がいた。

口から栄養を摂《と》れなくなった時が死に時だ、と言っていたひい祖父ちゃんは、自分の望みを貫いた。最後の最後まで幸せだっただろう。実際、往診の医師は、眠るように逝くことができたのは幸せだと言った。

草花が枯れるように、命をまっとうした。猫と接していると、そんなひい祖父ちゃんの存在を近くに感じる。ペット探偵を始めたのもその影響だ。

だから俺は、神棚にではなくひい祖父ちゃんの写真に水を添えるようになっていた。

「お～、よしよし。腹ぁ減ってるのか。今ミルク作ってやるぞ」

俺は人肌に温めたミルクを与えたあと、ティッシュで尻をトントンと軽く刺激してやった。ショボショボと小便が出てくる。このくらいの子猫は自力で排泄《はいせつ》できない。こうやって尻を刺激してやるのだ。ウンチも出る。

ひととおり世話が終わると、もう情が湧いていた。こいつを幸せにしてやらねばと。

さっそくパソコンを立ち上げて里親募集のチラシを作り始めた。写真はもう少し育ってからだ。馴染《なじ》みの動物病院やペットショップ。里親募集のサイトに掲載するって手もある。

一銭にもならないことをなぜしているのか。よく他人に聞かれるし、時々自問もする。

強いて言えば、あいつの俺に対する信頼に応えるのが礼儀だからだ。

最初にあいつが俺のところに子猫を運んできたのは、五年前の春だった。

その頃は今よりずっと綺麗《きれい》で、毛艶もよかった。母猫が育てきれなくなった子猫を連れてきたのかと思ったが、尻に二つのキンタマを見つけた時は正直驚いた。

自分の子か。他の猫の子か。

そもそも牡猫《おすねこ》ってのは自分の子供の世話なんかしないし、他の牡の子を見つけると殺すこともある。授乳している間、母猫は交尾をしないからだ。自分の子孫をより多く残すための習性とも言える。

ライオンもそうだ。牡《めす》一匹に牝多数で構成されるプライドと呼ばれる群れに新しい牡が来てそれまでのボスが追い出されると、残された子は殺される。残酷だが、それが神様が作った仕組みなのだ。そうやって自分の命を次の世代に繋《つな》ぐ。

だが、猫ってのは不思議な生き物で、時々そういった自然の摂理を無視した行動を取ることがある。いや、猫だけじゃないか。

たとえば親とはぐれた子鹿を子供を失ったライオンが数日護《まも》っていたなんて話もある。

そんな不思議な出来事が俺の動物に対する興味を深めるのだが、あいつの行動も俺の琴線に触れるものだった。

俺がすんなり子猫の保護を引き受けたからか、一年に何度かあいつは子猫を連れてくるようになった。腹が減っているだろうに、自分は人間の世話にはならずなぜ子猫だけを置いていくのか。

そんな時、猫好きの間で噂《うわさ》されている『NNN』という都市伝説を思い出さずにはいられない。猫好きのところに最高のタイミングで子猫を斡旋する秘密結社。しかし、一人にターゲットを絞るなんて聞いたことがない。

最初の年は春と秋、次は春と夏と秋。さらに次は春に二回、夏一回、秋に二回。段々増えていくのに、さすがの俺も危機感を覚えた。こう次々と連れてこられたら、仕事に支障が出る。

だが、俺の気苦労など知ったことかと、あいつはさらに翌年も子猫を連れてきた。


その日、あいつは朝からアパートの庭に現れた。

子猫を連れてきたあと、よく様子を見に来る。想定内だ。世話をしているか、飼い主を探しているか、監視しているように姿を見せる。こんだけ俺を頼りにしてるんなら、ちったぁ信用してくれてもよさそうなものを。

責任を持って世話しろ、とばかりの圧だ。

「なんだよ、ちゃんと成長してるだろうが。ほら」

ミィ、とキジトラの子猫が鳴いた。正直、子猫の世話は楽しい。柔らかくてミルクの匂いのする子猫は握りつぶせそうなほど弱々しいが、だからこそ護ってやりたくなる。俺にも母性本能があるのか。

体重は一日に約十グラムずつ増えている。目も開いた。キトンブルーと呼ばれるこの時期だけの特別な目の色は格別にかわいい。耳がまだ頭に埋もれているのもたまらない。今はネズミみたいだが、少しずつ猫になっていく。

そのうち自力で排泄するようになるだろう。毛繕いもだ。

「なぁ、ちゃんと育ってるもんなぁ」

あいつは庭の雑草の間に座り、まっすぐに俺を見ていた。

相変わらず目やにはひどく、目の周りがピンク色で、もともとの色なのか病気で腫れているのかはわからない。毛はボロボロだが、白だからか、薄汚れていてもどことなく神社にいる狛犬《こまいぬ》的な神々しさがあった。

ただ無言で俺の様子を窺《うかが》う姿からは、矜持《きょうじ》すら感じる。猫神様から遣わされたんじゃないかと疑いたくなった。

「なぁ、お前。なんで俺のところに来るんだ？」

もちろん返事なんかしない。ゆっくりと瞬《まばた》きをした。

「お」

猫が気を許している証拠だ。だが、少し離れている。あれが俺へのアイコンタクトなのか判断が難しいところだ。

「お前、自分はいいのか？　腹減ってるだろう」

庭の真ん中あたりまで出て行き、餌を置いた。あいつは微動だにしない。

これまでも何度か餌をやろうと試みたことはあった。しかし、口をつけるのを見たことはない。人間の世話にはならんと言っているようだ。俺はいつもそのままにして、喰ってくれるのを待っている。

「意地っ張りだなぁ、白猫のおじさんは。なぁ？」

猫用哺乳瓶に吸いつく子猫にそう言い、部屋の奥へ戻った。俺がいたら、喰いたくても喰えないだろう。餌は夕方頃まであったが、夜になって見てみるとなくなっていた。

他の野良猫が喰っていったか、あいつが俺の見てないところで喰ったのか。

ガリガリに痩せても子猫を運ぶあいつに、随分と情が湧いているらしく、あいつの腹に収まっていることを祈るようになっていた。

翌年、あいつは姿を現さなかった。出産シーズの春はもちろん、夏になっても、秋口になってもだ。出会って以来、一年に数回は姿を見せたのに、秋が深まっても一度も見ない。あいつはボロボロだった。子猫を咥えてくる体力は残っていないのかもしれない。もしくは死んだか。

顔馴染みの野良が消えると、心が疼《うず》く。だからなるべく特定の野良猫とは関わらないようにしてきた。あいつが俺の目の前に現れるまでは。

「例外なんて作るもんじゃねぇな」

乾いた風に掃きだし窓を開ける回数も減ってきて、コンビニエンスストアでおでんと肉まんを買う日も増えてきた。

死に目にでも会えればまだ心の区切りがつくが、突然姿を消されると、そいつの存在は紙で切った傷のように気になって仕方がない。大きな怪我《けが》じゃないのに、俺の心の隅でいつもその存在を意識させる。

痒《かゆ》いのか痛いのか、曖昧な疼きが俺を放そうとはしない。

さらに秋が深まり、冬が目の前まで来るとさすがに諦めの境地に達していた。

冬は野良猫にとって生きるか死ぬかを迫られる季節だ。この時期に命を落とす確率が一番高い。猫白血病を発症するのが圧倒的に多いのも冬場だ。

喧嘩《けんか》などで成猫になってから感染すると、ウイルスは持っていても潜伏している状態が長く続く。しばらくはいいが、五歳くらいになると抵抗力が弱まる冬に発症し、あっという間に逝く。あいつもその見た目から猫白血病などのウイルスに感染しているのは間違いなかった。四年も俺のところに通いつめたのだ。

むしろ長生きだったと言える。

何年も俺に面倒ごとを運んできたあいつがいなくなるのは、少々寂しい。

「ま、いっか。これで俺も里親探しから解放される」

いつものようにおでんと肉まんを買ってきた俺は、寒さに肩をすぼめながら歩いていた。

袋の中から出汁《だし》のいい香りがする。早く喰って明日の仕事に備えたい。

その時、俺の視界に白いものが飛び込んできた。猫だ。一瞬で門扉の間から他人の家の敷地に入っていったが、確かめずにはいられない。

駆け寄り、白猫が消えた家の庭を覗いた。しゃがみ込んで目を凝らす。いた。

「おい！」

あいつだ。俺のところに子猫を運んで来るあいつだった。薄っぺらい躰でヨロヨロ歩いている。

「何してるんですか？」

「あ、いえっ」

背後からかけられた声に、俺は慌てて立ち上がった。

「ペット探偵です」

嘘《うそ》だ。いや、嘘じゃないが今日は依頼じゃない。俺が捜している。しかも、おでんと肉まんの入った袋を持ってペット探偵を名乗るなんて馬鹿だった。

「あーっと、仕事中じゃないんですけど、今捜してるのと似たのがいたもんで」

ははは……、と笑い、なんとか誤魔化す。

仕事をしている時もよく不審がられる。最近は猫ブームのおかげで理解してくれる人も増えたが、警察を呼ばれることもあった。立ち去る寸前、さりげなく敷地の中を見渡したが、あいつの姿はない。完全に見失った。

「くそ」

何度も子猫を連れてこられて困っていたのに、今は捜している。こんなにも俺の心に入り込んできた野良はいない。もう一度、俺のところに来てくれないかと願った。

あいつの後ろ姿が、目に焼きついて離れなかった。

もしかしたら、さよならを言いに来たのかもしれない。後ろ姿だけ見せて消えるなんて、まるで俺へ義理立てしてるようだ。

だがな、かっこよく生きなくてもいいじゃないか。最後くらい、人間の世話になったっていいじゃないか。

俺は何度もあいつに訴えていた。もう一度会いたかった。


「んぁ？」

目を覚ますと、ジリジリと照りつける西日が俺を焼いていた。鯖《さば》の一夜干しにでもなった気分だ。喉はからからで、すぐに声が出ない。ちょっと横になるだけのつもりが、一時間ほど寝ちまった。

「夢か……。長い夢だったな」

むくりと起き上がると、洗面台で顔を洗い、うがいをしたあと冷蔵庫からビールを出す。

プシュ、と爽やかな音がして、俺の喉が歓喜する。一気に半分ほど飲んだ。

庭を見た。定期的に草刈りされるようになったおかげで、随分とすっきりしている。何度も子猫の里親を探していた頃とは比べものにならない。

あいつが子猫を連れてこなくなったおかげで、里親探しからは遠のいていた。こうなると少し物足りない。ネズミサイズの子猫に出会えるなんて、そうないからだ。

「誰かまた連れてこねぇかな」

思わず本音が零《こぼ》れ、いかんいかんと自分に言い聞かせた。そんな時間の余裕はない。

ペット探偵としての収入は、ここ数年で上がっていた。猫ブームで猫を飼う人が増えたのも要因の一つだが、俺の実績が実を結んだってのもある。口コミで広がり、以前の依頼者が新しい依頼者を連れてくることもあった。猫の捜索だけじゃなく、猫関連の事件を調べてくれという依頼も来る。

ボウガンで野良猫を狙っていた大学生を警察に突き出したのは、先月だ。

ビールをあっという間に空にすると、明日の準備を始めようとパソコンを立ち上げた。モニターの横に見える白いものに、思わず手を伸ばす。寝ているとわかっているのに、触ってしまうのは悪い癖だ。

「ごめんごめん、起こしちまったな」

パソコンを置いてある座卓の横が、あいつの寝床だった。その傍《そば》にはひい祖父ちゃんの写真を飾っている。

あいつの後ろ姿を見た数日後。二度と会えないと思っていた俺の予想に反して、あっさり見つかった。ここから少し離れた工事中の道路だ。穴に落ちたらしく、蹲《うずくま》っているところを作業員が発見した。ちょうどそこに俺が通りかかったというわけだ。すぐに連れ帰り、動物病院に連れていって点滴を打った。骨折はしていなかったが、脱水と栄養失調で三日間の入院を経てようやく連れて帰ることができた。

白《しろ》と名づけた。安易すぎるネーミングだが、気に入っている。

実はその前日、ふと思い立って、ひい祖父ちゃんから貰《もら》ったお守りに祈ったのだ。あいつとまた会えますようにと……。

本気で効くと信じていたわけじゃない。だが、再会できた。俺が一番驚いている。

今は、猫をこよなく愛し、猫に囲まれて死んでいくことを願ったひい祖父ちゃんが巡り合わせてくれたと思っている。あんな偶然、そう起きるはずがない。いつもは通らない道だったのも、その思いを確信に変えている。以来、俺は猫の捜索が上手《うま》くいかない時はひい祖父ちゃんのお守りに頼むようになった。

とにかく、こいつが凍えずに、ぬくぬくとした場所で冬を越せたのが嬉《うれ》しい。もう長くないと思っていたが、夏になった今もこうして俺の部屋で昼寝をしている。大家の許可も取った。一日のほとんどを寝て過ごしているおかげで、多少仕事で家を空けてもまったく平気だ。

「なぁ、白。お前、幸せか？」

痩せた躰を撫《な》でると、ニャアと鳴いた。

そうか、幸せか。それならよかった。写真のひい祖父ちゃんも嬉しそうに見えた。

本作品は書き下ろしです。

二見サラ文庫

本作品に関するご意見、ご感想などは
〒101-8405
東京都千代田区神田三崎町2-18-11
二見書房 サラ文庫編集部 まで

# はけんねこ
## ～あなたの想《おも》い繋《つな》ぎます～

2021年10月10日　初版発行

著者　中原一也《なかはらかずや》

発行所　株式会社 二見書房
東京都千代田区神田三崎町2-18-11
電話 03(3515)2311［営業］
03(3515)2314［編集］
振替 00170-4-2639

印刷　株式会社 堀内印刷所
製本　株式会社 村上製本所

落丁・乱丁本はお取り替えいたします。
定価は、カバーに表示してあります。

ISBN978-4-576-21141-1
https://www.futami.co.jp/sala/

二見サラ文庫

# はけんねこ

～NNNと
野良猫の矜持～

～飼い主は、
あなたに決めました！～

## 中原一也

イラスト＝KORIRI

野良猫のちぎれ耳は、捨てられた仔猫や困ってる猫を放っておけない性分。人間に飼ってもらおうとお節介を焼く。猫は意外と情に厚い⁉

絆が必要なあなたに。じんわり＆ほっこり猫の世界。